Kontaktadresse nach EU-Produktsicherheitsverordnung:
produktsicherheit@fischerverlage.de

Ein Dorf im Odenwald, ein Kind, das mit seinen Brüdern, Eltern und Großeltern dort die Sommer verbringt. Doch diese äußerlich noch unversehrte Welt der Sicherheit und stillen Schönheit ist von feinen Rissen durchzogen, aus denen Ängste, Träume und Erinnerungen steigen. Unheimlich sind die Keller unter den Häusern, das »Teufelsgrab« am Ortsrand, der dunkle Wald, durch den der Jäger streift. Unverständlich und oft voller Gewalt sind die Gebräuche und Gespräche der Erwachsenen. Und auch die eigene Familiengeschichte führt tief in eine Zeit des Schreckens, wenn die Großmutter erzählt.
Katharina Hackers behutsame und eindringliche »Dorfgeschichte« hat ihren ganz eigenen Ton. In der dichten Darstellung der kleinen Welt des Dorfes stellt diese Autorin die Frage nach den großen Dingen.

Katharina Hacker, geboren 1967 in Frankfurt am Main, studierte ab 1986 Philosophie, Geschichte und Judaistik an der Universität Freiburg. 1990 wechselte sie an die Hebräische Universität Jerusalem. Seit 1996 lebt sie als freie Autorin in Berlin. 1997 debütierte sie mit ›Tel Aviv. Eine Stadterzählung‹, es folgten der Erzählungsband ›Morpheus oder Der Schnabelschuh‹ und die Romane ›Der Bademeister‹ und ›Eine Art Liebe‹. Weiterhin erschienen von ihr der Roman ›Die Habenichtse‹, für den sie 2006 den Deutschen Buchpreis erhielt, der Gedichtband ›Überlandleitung‹ sowie die Romane ›Alix, Anton und die anderen‹ und ›Die Erdbeeren von Antons Mutter‹; zuletzt erschien ihr großer Roman ›Skip‹.

Weitere Informationen, auch zu E-Book-Ausgaben, finden Sie bei www.fischerverlage.de

Katharina
Hacker

Eine Dorfgeschichte

FISCHER Taschenbuch

2. Auflage

Printed in Germany
ISBN 978-3-596-19245-8

Für Philippa und Annabelle.

In dem Sommer, an den ich mich als ersten erinnere, flogen die Schwalben hoch, sie bauten ihre Nester unter unserem Dach; im Dorf gab es ein Gasthaus, in dem wir manchmal aßen, dann wurde es zugemacht, man musste ins Nachbardorf, um Eis zu kaufen. Das Sträßchen, das aus dem Dorf führte, war nicht asphaltiert und nicht begradigt, es schlängelte sich bis zum Wald.
Wir fuhren mit unseren Fahrrädern zu den Drei Seen und fürchteten die Blutegel und Schlingpflanzen.
Die Straße wurde verbreitert, führte aber nach wie vor zur Hohen Buche, zur Hainbuche, einem drei- oder vierhundert Jahre alten Baum.
Die ersten Sommer wurde viel gebaut. Das Dach musste neu gedeckt werden. Meine Mutter wünschte sich eine Terrasse. Es gibt Fotos, auf denen meine Großeltern abgebildet sind, meine Eltern sehen so jung und alt aus wie ich heute; die Bäume sind sehr klein.

ANGEBLICH hatten wir einen Onkel. Einen Großonkel, genauer gesagt, aber alle nannten ihn nur Onkel. Keiner von uns hatte ihn je gesehen, doch unsere Mutter und unsere Großeltern, sogar unser Vater, der gar nicht aus der Tschechoslowakei kam, bestand darauf, dass wir einen Onkel hatten. Wir suchten ihn im Gerümpel auf dem Dachboden, wo wir Ahnenpässe fanden, die unsere arischen Großeltern verlegen machten, Ledertaschen voller Dokumente, die sie nicht wegwerfen, nicht anschauen wollten, eine kleine Handtasche – schwarzes

Kroko-Imitat, sagte meine Mutter – voller Schmuck fanden wir, den Onkel fanden wir nicht, auch keine Spur von ihm. Wir fanden Zahngold in einem Pappschächtelchen. Wir fanden ein Eisernes Kreuz, ich weiß nicht mehr, welcher Klasse.

In einem Sommer, ich war etwa fünf Jahre alt, gab es einen großen Streit zwischen mir und meiner Mutter um ein zerbrochenes Glas oder einen Zwist mit meinen Brüdern, ich erinnere mich nicht genau. Doch war ich wohl unschuldig, denn meine Mutter wollte mich versöhnen und schenkte mir einen kleinen Sessel, einen Sessel *en miniature*, gerade groß genug für mich. Mein großer Bruder passte schon nicht mehr hinein, musste sich quetschen, dass das Holz ächzte. Wie für ein Kinderhaus geschnitzt, war es ein echtes Möbel, ein Kindersessel, mit rotem Samt bezogen. Ein Unfug, höhnte Simon, ein Thron, spottete er, der nicht hineinpasste, und bald war ich auch, wie er, zu groß für meinen Sessel – dick wie eine Wurst, sagte er zufrieden – und als mein Sessel mit anderem Spielzeug aussortiert wurde, schleppte er, nur einmal von meiner Mutter dazu aufgefordert, den Sessel auf den Dachboden, die schmale Stiege hinauf. Oben endete alles. Von draußen hörte man die Trecker oder Erntemaschinen, die Kühe auch. Abends sprangen die Melkmaschinen an und brummten von drei Höfen gleichmäßig um uns herum.

Unser Onkel sollte Herbert heißen.

Mein Vater mietete ein Mal im Jahr, zu Weihnachten, einen kleinen Lastwagen, um aufs Land zu bringen, was sich in der Stadt nicht bewährt hatte. Jede Reise verschob eine Fuhre von Gegenständen von einem zum anderen Ort, so wie von Berghängen Steine und Geröll herunterrollen ins Tal. Nur die Richtung war umgekehrt, bergauf.

Fuhren wir los, wurden wir zu nichts als Materie, von den Eltern da- und dorthin platzierten Körpern, an denen Kleider und Bücher und aussortierte Stofftiere hingen wie sperrige Fransen. Meine Mutter packte in tiefstem Schweigen, starrsinnig und konzentriert. Für sie blieb jede Reise eine Verlust- und Todesreise. Sie fahre im Traum, erzählte sie mir einmal in der Nacht vor unserem Aufbruch, als ich zu ihr ins Bett gekrochen war, auf einem offenen Lastwagen, aus dem beständig die Koffer und Taschen und Bündel und sogar kleine Kinder herausfielen. Und abschließend, bevor ich weiterschlief, sagte sie: Entweder es gibt ein Wir oder es gibt kein Wir. Dann fügte sie hinzu: Ich wünschte, es hätte keines gegeben. Und wenn man mir mit den Händen alles nachtragen würde, ich wollte nichts davon, nicht ein Stück.
Dann drehte sie sich weg. Sie konnte schneller einschlafen als jeder andere Mensch, den ich kenne.
Angekommen vor unserem Haus, rissen wir, bevor noch der Motor abgestellt war, die Türen auf und sprangen hinaus, rannten los in den Garten, zur Hütte, zum Schuppen, in dem Geräte und Fahrräder abgestellt waren. Wir verschwanden, auch wenn es eiskalt war, für Stunden, und Mutter rief nicht nach uns, verwehrte auch Vater, uns zu rufen, wenn er Hilfe brauchte beim Ausladen – er grollte, wir waren frei, wie er nie frei gewesen war. Nicht einmal zum Essen mussten wir am Ankunftstag kommen, nur abends zum Schlafen, und dann mussten wir uns nicht waschen, sondern durften wie wir waren ins frisch bezogene Bett.
Von meiner Mutter habe ich gelernt, dass die vergehende Zeit nur quälend ist, wo unsere Großzügigkeit versagt. Streit darüber, dass wir kommen sollten, hatten wir nie,

denn wir durften gehen, wir durften sogar wegbleiben. Unser Onkel Herbert war auch weggeblieben. Allerdings glaubten wir nie ganz an seine Existenz.
Mein Sessel stand auf dem Dachboden, zwischen Kinderbetten, Federbetten, Kartons voller Geschirr und Spielzeug. Der Sessel aber stand eines Tages frei und für sich am Fenster, daneben ein Puppentischchen. Anderntags stand auf dem Tischchen ein Glas.
Angeblich hat mein Onkel unser Haus im Dorf niemals gesehen. Angeblich hatte er sowieso nur Verachtung für jede Art Besitz. Angeblich war er, ein junger Mann, gegen die Nazis heimlich in eine tschechische Schule gegangen. Er sprach jedenfalls, als einziger in der Familie, Tschechisch fehlerfrei. Und während es sonst auf einen Fehler mehr oder weniger nicht ankam, in diesem Fall kam es darauf an, auf Fehlerlosigkeit, auf makellose Aussprache.
Jedenfalls trug er auf Fotos, auf denen angeblich auch er zu sehen war – und genau wusste man nie, wer wer war –, weiße, kragenlose Hemden und graue Hosen, etwas flatterte immer, er hatte, wie auch mein Großvater, einen Hut, der Hut war jedoch aus Stroh und nie aus Filz, er saß im Nacken, tief nach hinten gerutscht, ohne je hinunterzufallen. Mein Onkel, behauptete mein kleiner Bruder, als er neue Wörter lernte, mein Onkel hatte Embleme. Keiner von uns Kindern wusste genau, was das war. Wir nickten, denn richtig war es doch. Wer Embleme hatte, gehörte zu den Dingen wie zu den Bildern, wer Embleme hatte, war mutig, als trage er ein Schwert. Ich erzählte es einmal im Dorf, dass wir noch einen echten Onkel hatten. Jemand war gestorben, ein alter Bauer von einem Hof am obersten Dorfrand. Ich wusste nicht,

in welchem Haus der Mann gewohnt hatte, der Leichenwagen hatte ihn abgeholt, den hatte ich gesehen, und in Gedanken versunken hatte zu mir, dem Kind, Frau Brenner mit dem schönen Garten gesagt, früher, als man die Leute noch mit den Pferden abgeholt habe, sei es leichter gewesen für die Seele der Verstorbenen, hinterherzukommen. Ich verstand nicht, was sie sagte, aber da nun einer fehlte, erzählte ich, ich hätte einen Onkel. So?, fragte Frau Brenner und schaute mir in den Augen. Dann nickte sie, und weil sie nickte, fügte ich hinzu, der Onkel sei sehr klein, kaum größer als eine Seele, in meinen Sessel passe er leicht hinein.

Zum letzten Mal versuchte ich, mich in meinen Sessel mit dem roten Samt zu setzen, mit einer Pobacke zumindest, schräg, oder auf der Kante balancierend. Da sah ich das Glas, ein schmales, feines Glas mit einem goldenen Rand, klein wie ein Kinderglas, fein wie ein Glas für einen feinen Menschen.

Später, sagte ich, nachdem ich aufgestanden und einen Schritt zurückgetreten war, später, sagte ich zum Sessel hin, wenn ich größer bin, dann rede ich auch mit dir. Es war das erste Mal, dass ich meinen Onkel Herbert mit eigenen Augen sehen konnte.

Zu dritt standen wir nebeneinander auf der grauen Wiese, es war ein kalter April oder unfreundlicher März, jeder Sommer erschien unausdenkbar weit, wir aber sollten in eine Sandgrube springen, an deren Rand ein primitives Holzbrett eingegraben war, zum Absprung. Der Sand war nass, mein Bruder Simon,

daran erinnere ich mich, machte sein finsterstes Gesicht. Wir sollten uns freuen. Es war eines der wenigen Male, die ich meinen Vater redselig erlebte, er hob sogar die Arme, gestikulierte, was er sonst nie tat.
Meine Mutter vermaß währenddessen mit meinen Großeltern das Haus, verteilte fünf oder sieben Leute auf die Zimmer. Dann lief sie durch das Dorf, in dem noch niemand sie grüßen und für sie stehenbleiben wollte, und überlegte, wie sie Handwerker finden sollte, die aus dem alten Schulhaus ein Haus machten.
Ich weiß, dass an den Abhängen noch die Schneezäune standen und dass die Straße mit Stangen markiert war. Immer hatte ich Angst, ich könnte meine beiden Brüder verlieren. Auf meinen jüngeren Bruder Frederik sollte ich aufpassen, er ging leicht verloren, trug meist eine rote Zipfelmütze, damit wir ihn leichter fanden.
An den ersten Sommer erinnere ich mich nicht, im darauffolgenden Winter nahm Simon die alten Ski von meinem Großvater, sie stehen noch immer irgendwo in einem hohen Strohkorb. Er schnallte sie an, ich blieb mit Frederik und einem Schlitten nahe am Haus und schämte mich meiner Furchtsamkeit. Die Dämmerung senkte sich langsam, wenn Schnee lag, er hielt das Licht zwischen Himmel und Erde gefangen.

Wenn man aus dem Tal und aus dem Wald kommt, geht links ein kleiner Feldweg steil bergab, eine kleine Straße steil den Hügel hinauf, gegenüber liegt der erste Hof, dann kommen rechter Hand Gemüsegärten, dann weitere Häuser, Höfe. In der Dorfmitte liegen Löschteich, Brunnen, Kirche, und erst ein weiteres Stück hinauf kann man erkennen, wie hoch über den Tälern und anderen Orten dies Dorf

liegt. Es ist nicht so, dass man ins Leere schaute oder in eine erhabenen Landschaft, nur weit kann man schauen.
Die Flurnamen sind nicht eigentümlicher als anderswo, und immer gibt es einen Totenkopf, einen Geiersberg, den Galgenhügel, andere unheimliche Namen. Die Grenzen werden noch immer von den alten Steinen markiert, nicht alle Steine begrenzen aber etwas, manche sind halb versunken in der Erde, und wenn man genau schaut, kann man den Bischofsstab erkennen oder das Wappen der Leiningens.
Es war eine abgelegene und arme Gegend, deswegen hatte sie aber doch ihre Besitzer. Die Grafen von Dürn lebten hier hundertfünfzig Jahre, dann verschwanden sie, und seit den Napoleonischen Kriegen und folgendem Gebietstausch gehören große Ländereien den Fürsten Leiningen, das Kloster in Amorbach wurde aufgelöst, die Abteikirche protestantisch. Die Wälder sind wildreich bis heute.
Unweit und unterhalb des Dorfes gibt es ein Tal, das ein schmaler Bach durchfließt, es heißt das Dörnbachtal, bis vor ein paar Jahren gehörte es auch den Leiningens, jetzt ist es verkauft. Das Tal ist nur über den Feldweg zugänglich, es grenzt an das Breitenbachtal, in dem ebenfalls ein schmaler Bach fließt. Der Breitenbach entspringt nahe der Drei Seen, im 12. Jahrhundert ein einziger, sehr großer Waldsee, der später durch Staumauern in drei geteilt wurde, ein Becken ist längst ausgetrocknet und nicht mehr zu erkennen. Der große See soll bei Wolfram von Eschenbach beschrieben sein, der vielleicht auf Burg Wildenberg den Parzival geschrieben hat. Der ehemalige See, der jetzt zwei Seen ist, die Drei Seen heißen, liegt am Limes, wenn man dem Limes folgt, kommt man zum Römerbad und zu den Resten eines Kastells.

Hinter dem Haus wuchsen einmal Brennesseln, ein alter Stacheldraht hing zwischen den Zaunpfosten, wurde abgeschnitten, dann kamen Beete, zuerst Bohnen, später Rosen; als habe, sagte meine Großmutter, die Erde es beschlossen, dass die Bohnen nicht mehr wachsen, aber die Rosen gedeihen hier. Meine Großmutter wurde nicht kleiner im Alter, sie wurde nicht größer. Sie schien an etwas festzuhalten, als sie älter wurde, etwas, das in ihr lag, deswegen wuchs sie nach innen hinein; sie beobachtete die Leute im Dorf, wie sie stritten, heirateten. Sie schaute mich freundlich an, an ihrer Liebe habe ich nie gezweifelt. Wenn ich mich zu ihr setzte, hielt sie lange meine Hand.

UNGLÜCK ADELT, davon waren wir Kinder lange überzeugt. Eines Frühlings wurde Simon krank, eine rätselhafte Krankheit war es, so spät erkannt, dass es ihn fast das Leben gekostet hätte, und meine Mutter wurde schmal und blass, wie Simon es war, packte ihn in Decken, ließ ihn nicht aus den Augen, trug ihn sogar, der doch der größte von uns Geschwistern war, auf den Armen durchs Haus.

Simon grinste. Er war, wussten wir Jüngeren, insgeheim längst genesen, womöglich war er nie wirklich krank gewesen, er nutzte nur mit Geschick, was ihm, als Unglücklichem, zufiel: Liebkosungen, Leckereien, Geschenke, sagte, für diesmal überraschend sprachgewandt, mein kleiner Bruder Frederik anklagend zu mir. Und während Simon auf dem Sofa neben unserer Großmutter saß, sich

Äpfel schälen ließ und Nüsse knacken, beratschlagten wir im regennassen Garten, wie wir einen Ausgleich schaffen könnten, wie wir ihn piesacken und kitzeln und ärgern würden, wenn nur endlich die Sorge der Erwachsenen um ihn nachgelassen hätte.

Bis er vollständig genesen war, es dauerte lange, hatten wir vergessen, wie wir ihn ärgern wollten, aber es war uns wie Schuppen von den Augen gefallen: Die da kamen, müde Gesichter machten, wurden bewirtet, weil sie gelitten hatten, mit letzter Kraft sanken sie an den Kuchentisch, uns aber bereitete man keinen Kakao, es ging uns ja gut, zu essen gab es Rührei und Kartoffeln, dann wurden wir rausgeschickt, ins Freie, wir sollten draußen spielen.

Wie Heilige wurden die letzten Verwandten und die Freunde meines Großvaters behandelt, bittere Gesichter, uralt. Im Gesicht hatten die Freunde, die zu Verbindungen und Burschenschaften gehörten, Narben, sie kniffen uns in die Backen, als wollten sie das Fett messen, sie redeten ohne Unterlass. Vor allem aber wollten sie, dass wir erfuhren, wovon wir nichts wussten, von all dem Unglück, von der Vertreibung, von all dem Leid, dem Unrecht, von dem Raub. Was wir verloren hatten, was wir geerbt hätten, davon sollten wir wissen, die Güter, Tiere, Höfe, die Fabriken. Großspurig zählten wir es auf, Pferdegespanne, Kutschen, Jagdhunde auch, und mein Bruder Frederik sorgte sich, wie meine Großmutter unglücklich wäre mit all den Tieren, stellt euch vor!, rief er, wie sie verzweifelt, Nummer Fünfundzwanzig und Nummer Zwei! – er benutzte unseren Code, der Großmutter ersparen sollte, dass wir die Tiere beim Namen nannten. All das Viehzeug, wie sie sagte.

Ich dachte, Oma ist ein Findelkind, fragte ich meine

Mutter. Sie rührte im Milchreis und war nicht bei der Sache. Ach was, sagte sie.
Dann hätten wir also wirklich was geerbt?
Jetzt fasste sie mich schärfer ins Auge.
Was solltet ihr erben? fragte sie.
Die alten Onkel reden doch davon, antwortete ich, die alten Onkel, so nannten wir die Freunde meines Großvaters, die Omi galant die Hand küssten und die wir dafür hassten – ihre nassen Lippen, die Speichelfäden –, wie wir uns oft ekelten vor den Erwachsenen, die laut küssten und schlecht rochen, nie einfach nur am Waldrand pinkelten so wie wir, alles machten sie auffällig und mit Absicht. Sie waren uns unangenehm, wir weigerten uns in ihrer Gegenwart, wenn es heiß war, nackt im Garten zu spielen, tollt nur herum!, wurden wir ermuntert, nur forsch!, riefen die alten Onkel meinen Brüdern zu, wir fanden ein Versteck.
Was sollt ihr geerbt haben?, fragte mein Mutter noch einmal, das Gesicht rot vor Zorn, sie hasste ebenfalls die Burschenschaftler, mit oder ohne Handkuss, ihr waren sie nachgestiegen, hatten an Röcken gezupft oder mehr, und dass sie den Streit mit ihnen nicht wagte, sich den Besuch nicht verbat, gehörte zu den Geheimnissen, die wir nie aufgedeckt haben, wir wollten es auch nicht.
Hier, sagte meine Mutter und stellte heftig eine große braune Schüssel aus Ton auf den Tisch. Das hast du geerbt, wenn du sie bitte freundlichst nicht zerbrichst. Darin hat dein Urgroßvater Brotteig geknetet oder seine Frau, wahrscheinlich seine Frau oder ein Dienstbote.
Ich betrachtete die Schüssel, ein grobes Ding, riesig im Durchmesser, mit zwei festen Griffen. Das da?, fragte ich enttäuscht.

Meine Mutter wandte sich ab. Im Fenster sah ich meine Brüder grinsen, sie hatten von draußen alles gehört, im Flur nagelte mein Großvater einen alten Stuhl zusammen, immer fand er zu arbeiten, immer trug er Cordhosen und räumte oder reparierte, über der Hose eine alte Wollweste, jägergrün, während meine Großmutter stundenlang unsichtbar blieb. Wer sie ohne uns war, habe ich nie begreifen können.

Die Schüssel, das irdene Ding, die Brotschüssel, zerbrach eines Nachts. Wir Kinder schliefen in unseren Zimmern, wir waren unschuldig. Am Tag hatten wir im Garten kampiert, elendig gelagert ins regennasse Gras, hatten auf hartem Boden schlafen wollen, mühselig ein Feuer angezündet, bis mein Vater in den dichten Rauch gefahren war vor Zorn, dass wir so nahe an der Zeder ein Feuer anzuzünden wagten. Wir hatten vorgehabt, nachts noch zu biwakieren, dachten uns etwas von Zeltstangen und Planen, wussten nicht wie, ein Regenschauer trieb uns in die Küche, und meine Mutter kochte Grießbrei.

Meine Großmutter aber hatte den halben Tag im Wald verbracht, mit einem Eimerchen, und Blaubeeren gepflückt, sie musste immer in den Wald, wenn es dort Beeren gab, Beeren oder Pilze, war nicht zu halten, wo Essbares in Reichweite wuchs, zerstochen, mit krummem Rücken kam sie zurück, ließ sich den Eimer abnehmen und ausschelten, als wäre sie ein Kind.

Muss es sein?, fragte mein Vater. Eines Abends erzählte er, was er in einem Buch gelesen hatte über den Krieg, dass Soldaten den Auftrag bekommen hatten, die jüdische Köchin zu erschießen, nachdem sie Dutzende Juden schon erschossen hatten. Und aus Gnade, so sagten sie

nach dem Krieg, aus Gnade töteten sie die Frau beim Blaubeersuchen aus dem Hinterhalt.
Vielleicht hat meine Großmutter, was mein Vater erzählte, nicht gehört. Vielleicht ist meine Großmutter weiter wie eh und je Blaubeeren pflücken gegangen.
Die Burschenschaftler wurden weniger, schließlich kam keiner mehr. Die graue Verwandtschaft verlief sich oder starb. Wir spielten oft Flüchtlingszug. Wir hatten aus Kriegszeiten eine handliche Lampe mit rotem und grünem Licht, nahmen uns den Leiterwagen, mein Bruder Simon stand darauf und ließ sich von uns ziehen. Wir, Frederik und ich, die Pferde, beluden mit allem, was wir fanden, den Wagen, waren auf der Flucht. Mit Pilzen kannten wir uns nicht aus, aber Blaubeeren sammelten wir, ich tue es noch heute, und manchmal drehe ich mich um.

Was ich behalten habe, ist anschaulich, taugt aber zu keinem Foto, es sind Umrisse oder die Beschreibungen von Umrissen, nichts, was man mit dem bloßen Auge sehen könnte, dabei bleibt ein klarer Eindruck, auch das schier körperliche Wissen, das Erinnerungen begleitet, wo auf dem Feldweg eine Pfütze war, wo der Weg abschüssig wird. Ich stelle mir nicht mehr vor zurückzukommen. Ich bin zurückgekommen. Manchmal male ich mir aus, ich träfe meine Großmutter. Sie lebt. Sie ist noch nicht gestorben, ist einfach eine alte Dame, gebrechlich wohl, aber noch klar, meinen Namen wird sie nie vergessen.
In ihrem Blick bin ich, wer ich bin, und trotzdem betrachtet sie mich, als wäre ich weder Frau noch Mann, besäße weder Alter noch Geschlecht, für sie bin ich abstrakt, eine Linie, ein Umriss bloß. Erst schien es

mir unbarmherzig. Dann begreife ich, auch das ist ein Erbarmen. Wozu sie mich macht – ich weiß es nicht. Eine Seele?

Großvater war unablässig da, er wich meiner Großmutter und uns nicht von den Fersen. Er war, bevor wir am Tisch saßen, schon am Tisch, er war in der Hütte, im Kinderhaus, wenn uns einfiel, dorthin zu gehen, er stand im Garten, wenn wir in den Garten wollten, sogar bei den Bauern tauchte er auf, wenn uns einfiel, zu unseren Nachbarn zu gehen. Er meinte es gut. Er war nachgiebig und unduldsam. Wir wussten, dass wir uns auf ihn verlassen konnten, das sagten alle. Er stellte keine Regeln auf, er ahndete nur dies und das. Sein Zorn war mit oder ohne uns da, das wussten wir. Woher er kam, lohnte nicht zu wissen. Wir waren unbarmherzig, wir waren von Erwachsenen umgeben, die zur Furcht und zum Hader Grund hatten. Es ging zwischen Siegern und Verlierern durcheinander. Großvater tat, wenn wir Mensch-ärgere-dich-nicht oder Malefiz spielten, als mache es ihm nichts aus zu verlieren, wir wussten, dass er log.

DAS GEHEIMNIS ist, flüsterte mir Simon jeden Sommer ins Ohr, wenn wir endlich im Auto saßen, das Geheimnis ist –, Simon deutete aus dem Fenster, dann schwieg er, aber seine Augen leuchteten. Diese Ferien, sagte er noch, und uns war, als wäre er der Gott, der uns die Tage zumaß, Sonnentage oder strenge Regentage, an denen sich, dichter als die Wolken, die Erwachsenen um uns versammelten und bedrängten, jeder mit seinem Plan, jeder mit seiner Vorausschau und Sorge, und es half nicht, wenn wir uns klein machten, bis wir fast unsichtbar waren. Wir versuchten davonzuschlüpfen, zischelten oder pfiffen, gaben andere Geräusche von uns, die alle täuschen sollten, als wären wir Getier und Ungeziefer. Meine Großmutter zuckte auch zusammen und verbot uns, eines ihrer wenigen Verbote, Kaulquappen in Gläsern nach Haus zu tragen oder Raupen, all die Lebewesen, die Regentage leichter verstreichen ließen, diese unbarmherzigen Regentage, die mit jedem Tropfen wie ein Gericht auf uns niedergingen. Das Geheimnis in diesem Sommer ist, flüsterte Simon, wenn wir aufbrachen, und hob den Zeigefinger. Wir schauten aus dem Fenster und lauschten. Wir wussten nicht, was ein Geheimnis ist. Unrecht war manchmal ein Geheimnis. Manchmal auch Angst. Ins Bett machen war ein Geheimnis, das unsere Mutter schnell aufdeckte. Geschenke konnten ein Geheimnis sein. Simon grinste. Als wir älter waren, winkten wir ab, sogar Frederik. Aber wir sagten nichts, denn Simon hatte an der Herrschaft der Erwachsenen Teil, während wir blieben, was wir immer gewesen waren, die kleinsten Körper, in abgetragenen Kleidern, mit altem Spielzeug, und auch, als wir in der Schule waren, blieben wir der Herrschaft der anderen unterstellt, und Simon wusste, was ein Geheimnis war.

Sommer auf Sommer gab es sein Geheimnis aufs Neue, keiner verriet ein Wort. Auf ein Wort hin würden auch die Erwachsenen verschwinden, Eltern und Großeltern in eins, auf ein einziges Wort hin wären wir alleine, klapperten statt ihrer mit Stiften und Töpfen, und wenn wir mitten in den Ferien die Treppe hinunterschlichen, Frederik voran, Simon als Letzter und mit Abstand, war ungewiss, was uns erwartete, der gedeckte Tisch oder die Stille, und es kam vor, dass zwar der Tisch gedeckt war, aber nur für uns Kinder, es kam vor, dass die Erwachsenen alle verschwunden, dass wir wie im Märchen ausgesetzt waren, keiner, der nach uns schaute. Wir aßen stumm und nahmen die Milchflaschen, gingen zum Bauern, stellten sie leise ab, wir warteten, ob die Erwachsenen wiederkämen, und manchmal kam die Bäuerin und brachte uns einen Laib Brot. Simon teilte es uns zu. Simon strich Butter darauf oder nicht. Er versteckte den Honig oder gab ihn uns. Wir spielten, dass wir hungern würden. Frederik hungerte manchmal tatsächlich, er aß nicht, zwei Tage lang oder länger, er zog die Backen ein, nahm den Leiterwagen aus dem Schuppen und spielte Flüchtlingszug, kleidete sich in Lumpen, er suchte die anderen Kinder aus dem Dorf, fand sie und nahm sie mit. Sie holten einen zweiten Wagen, zogen die Straße entlang aus dem Dorf und zwischen den Feldern, an den Wegstöcken verbeugten sie sich, schlugen das Kreuz oder sich selber mit einer Rute, sie zogen bis in den Wald und kamen nicht wieder. Wenn es dunkelte, lag ich auf dem Sofa und weinte.

Unsere Erwachsenen blieben aber weg, kamen nicht mit der Dämmerung, nicht mit der Nacht. Simon saß still bei der Tür, Frederik war nicht da, jedes Geräusch ließ uns auffahren, es kam kein Auto. Stimmen hörten wir aber von der Straße, die Stimmen der Nachbarn, sie riefen ihre Kinder, klopften auch bei uns an, wir antworteten nicht, sie suchten weiter, bis sie die Kinder versammelt um das Teufelsgrab am Dorfausgang gefunden hatten. Mit verschlossenen Gesichtern kehrten meine Eltern zurück, führten Frederik an der Hand, wiesen uns wortkarg an, ins Bett zu gehen. Meine Großeltern aber kamen nicht, auch nicht am nächsten Tag.

Dann waren sie, eines Mittags, wieder da, wie hingezaubert, saßen bei Tisch. Mein Bruder Simon argwöhnte, in Wahrheit seien sie es nicht, streng und ungewohnt saßen sie da und wiesen uns zurecht, Simon flüsterte, der Teufel, an seinem Grab gestört, der Teufel habe sie verflucht. Ein paar Tage lang wollte die Vertrautheit sich nicht einstellen. Ich schlich um Großmutter herum, von meinem Großvater hielt ich mich fern. Dann war ich sicher, dass wirklich der Teufel uns betrog. Denn meine Großmutter stand vor dem Spiegel, starrte hinein, als müsse sie eine andere dort verjagen, und nachts, als ich zu ihrem Bett kroch, auf allen Vieren, schnarchte sie nicht wie sonst, sondern lag lautlos und ungerührt.
Wir müssten, sagte Frederik, der behauptete, er wisse sogar mehr als Simon, noch einmal zum Teufelsgrab, dort einen Spruch aufsagen, der unsere echte Großmutter zurückbringe, die falsche von ihrem Platz vertreibe. So bitter wie in dieser Nacht habe ich mich nie mehr gefürchtet. Vor Mitternacht schlichen wir aus dem Haus. Wir hatten keine Taschenlampe, nur eine Kerze, es nieselte aber, das Licht verlosch. Zitternd vor Kälte und Angst näherten wir uns dem Grab, und wirklich war da ein Lichtschein in der Erde, die Häuser ringsum waren dunkel. Wir sagten, fast schluchzend, ein Sprüchlein auf, es half nicht, dessen war ich sicher. Bevor wir gingen, bat ich die Muttergottes um Hilfe, zum ersten Mal, versuchte ein Kreuz zu schlagen, ohne ganz zu wissen wie, Simon zischte etwas, er nahm mir übel, dass ich eigenmächtig handelte, Frederik schrie einen schaurigen Schrei, da rannten wir, fassten uns sogar bei der Hand, bis wir die Fenster erreichten, durch die wir in unsere Zimmer gelangten.

Simon legte bedeutsam den Finger auf die Lippen, schwor uns aufs Schweigen ein. Ich hielt es nicht aus. Als sie schliefen, meine Brüder, schlich ich zu meiner Großmutter, die leise schnarchte, legte mich zu ihr, und sie, als sei sie nichts anderes gewohnt, gab mir ein Stück von ihrem Kissen, zog mich zu sich und ließ mich ruhig schlafen.

Tuberkulose hat nur einer gehabt, ein Flüchtling, er lag krank auf den Tod und starb, die anderen genasen auf der Höhe, wo man früher schon die Lungenkranken hingeschickt hatte. Einer kam blind aus dem Krieg und wurde Korbflechter. Eine Lehrerin war da und wurde alt. Kein Pfarrer, nie, man hat sich immer den Pfarrer teilen müssen. Der einzige aus dem Dorf, der studierte und geweiht war, ist ein Mönch, ein Franziskaner. Zum Weihfest kommt er, wenn es ein Jubiläum ist, aus seinem Kloster in Oberbayern. Wahrhaftigkeit ist, sagte die alte Frau Schneider, wahrhaftig ist, wenn man sagt, wer aus dem Dorf kommt und wer es zu etwas bringt und wer nicht.

Über die meisten im Dorf weiß ich ein paar Sätze, wie man sie erzählt, wenn man sich auf der Straße trifft und ein wenig plaudert. Ich behalte diese Sätze lange im Kopf, irgendwann vergesse ich sie wieder. Aber bis dahin, bis sich das Wenige wieder auflöst, in Wörter, in Nichts, begreife ich etwas, das sich mit einer Geschichte nicht fassen ließe, denn die meisten Menschen kommen nicht zu einer Geschichte, wenn man sie nicht dazu zwingt.

DIE VORRATSKELLER im Dorf fanden sich nicht unter den Häusern, sondern, vom Hof getrennt, oft auf der anderen Straßenseite, als wolle man sicher sein, dass ein Brand nicht gleich die Vorräte – Kartoffeln, Eingemachtes, Apfelwein – mit vernichtete. Es waren gemauerte, kalte Gewölbe, wie Verliese dunkel, man konnte dort ohne Licht nicht hinein, und wo keines da war, musste man die Taschenlampe nehmen oder eine Kerze. Als Kinder wurden wir manchmal geschickt von unserer Nachbarin, Kartoffeln, Äpfel, Sprudel zu holen, in Fässern gab es Apfelwein, die Keller waren furchteinflößend, man hörte Mäuse oder anderes Getier; zwar haben wir nie Ratten gesehen, aber wie sollten in einem solchen Kerker nicht Ratten sein oder Gerippe, die Reste von Gefangenen. Sie lagen auf dem Lehmboden, auf dem man ausrutschte, wenn man nicht achtgab, die Beine konnte man sich brechen und würde im Dunkeln liegenbleiben, lange, denn hören konnte einen niemand, wenn man von dort unten rief.

Mit der Zeit bekamen die Kartoffeln Augen, die Äpfel faulten, die Krüge brachen. Wo das Gewölbe endete, kamen aus der nackten Erde Maden und Engerlinge – Gewürm, das auch die Toten fraß, sagte mein Bruder Simon. Ich klammerte mich an das Licht, an die alte Taschenlampe aus Kriegszeiten, die sich auf Rot und Grün einstellen ließ, ging trotzdem in den Keller, füllte den Krug mit Apfelwein, füllte die Körbe mit Kartoffeln. Ein Mal traf ich etwas, ein Tier oder einen Toten, hinter den im Herbst aufgetürmten Äpfeln verborgen, kam nicht hervor, rief nur, ganz leise, duckte sich wieder, vielleicht war es bloß ein Dieb. Ich wagte vor Entsetzen nicht, der Bäuerin etwas zu sagen, ich fürchtete, sie würde nachsehen und nie wiederkommen, sie ging am Sonntag in die Kirche, trug das Gebetbuch unterm Arm, vor Toten war sie aber wahrscheinlich doch nicht sicher.
Ein Toter oder Apfeldieb oder auch ein Soldat aus dem hinteren Wald, der abschüssig in Richtung Tal ging und im Frühling voller Buschwindröschen war. Unter den Buschwindröschen oder zwischen Zweigen, Blättern, Steinen konnte man Helme und Patronenhülsen aus dem Krieg finden, weil in dem Waldstück Soldaten gekämpft hatten, gegen die anrückenden Amerikaner, die dann doch ersehnt waren, weil es im Dorf Flüchtige gab, Fahnenflüchtige, Deserteure, später dann andere Flüchtlinge, woher die kamen, aus dem Osten und wie, auf Wagen oder mit der Eisenbahn bis Michelstadt, bis Amorbach, den Berg zu Fuß hinauf, vor den letzten Bomben fliehend oder eben vor den Befreiern, Besatzern, das Parteibuch zerrissen, die Abzeichen versteckt. Juden hatte es im Dorf nicht gegeben, sie hatten wohlweislich nicht versucht, dorthin zu flüchten, es hätte ihnen kaum geholfen.

Die Synagoge in Michelstadt wurde verwüstet, vielleicht war sie zu nahe an den anderen Häusern, als dass man sie hätte abbrennen mögen, für die Menschen hat das nichts geändert. Wir haben uns vorgestellt als Kinder, wo Verstecke hätten sein können, wir zeigten sie meiner Großmutter, wir zeigten sie meinem Großvater, schauten neugierig, wie sie schwieg, wie er schwieg, und dann richteten wir uns gerade auf, denn wir, das wussten wir mit Sicherheit, hätten nicht zugelassen, dass auch nur einem Juden ein Haar gekrümmt wird.
Meine Großmutter spielte nicht mit, wenn wir Flüchtlingszug aus dem Osten spielten, gab uns kein Brot und keine Wasserflasche. Wir borgten von den Nachbarsbauern Säcke für den großen Leiterwagen und füllten sie mit Heu und Stroh, wir zogen einer den anderen die Feldwege entlang, stöhnend und klagend, verbanden die Verletzten, luden Tote ab, ließen sie liegen.
Frederik war der beste Tote, den wir hatten. Er blieb liegen, bis abends, bis zum Essen, bis meine Mutter rief, mein Vater suchte, fand ihn am Waldrand, starr geworden vom langen Tod. Mit Frederik wagte ich mich auch wieder in jenen Keller, er war ein Angsthase, aber furchtlos dabei, er plapperte ausgiebig von seiner Angst, ging in den Höllenschlund, in jedes dunkle Loch, lief mutterseelenallein – laut rufend, wie er sich fürchte – in das Verlies der Wildenburg, die wir mit jedem neuen Gast besuchen mussten, verschwand, und wieder musste mein Vater ihn finden. Denn wenn wir Krieg spielten, waren meinem Großvater die Hände gebunden, und meine Großmutter konnte uns nicht retten.

Mit eigenen Augen haben wir nie gesehen, wo meine Großmutter eigentlich zu Hause war, wenn wir den fremden Ort auch einmal besucht haben, den Friedhof mit dem Familiengrab. Wenn wir auch einen vagen Eindruck haben könnten von der Landschaft, so haben wir doch niemals gesehen, wie es war, wo sie aufwuchs, es war immer ein ebenso wirklicher wie ausgedachter Ort, einer, der nicht länger existieren konnte, dessen Unwirklichkeit passender war, als wenn man uns tatsächlich dorthin hätte bringen können, etwa um entfernte Verwandtschaft zu besuchen oder etwas zu erben.

Die Zeitenfolge bestimmt über lange Jahre, wie man sich erinnert, dann verliert sie, wie ein Bild an Farbe, ihre Kraft. Dies Gestern, das mein Jetzt ist, das Jetzt, das sich auflöst in die Zukunft, alles so klein wie eine Streichholzschachtel, wo schon verbrannte, abgebrochene, auch neue Zündhölzer durcheinander liegen.

DER KORBFLECHTER spielte die Orgel. Er hatte den Schlüssel zur Kirche wie der Pfarrer, der in einem anderen Dorf wohnte. Er spielte zum Gottesdienst. Die Schlüssel hatte er, weil er üben musste. Wenn er nicht schlafen konnte, übte er nachts, er schloss hinter sich die Tür ab, im Sommer schloss er auch die Fenster, man hörte kaum einen Ton.

Er war im Dorf geboren, war fortgegangen, und blind war er zurückgekommen. Wie er erblindet war, sagte er nicht. Zurückgekommen war er nach dem Krieg, viele waren gekommen, Flüchtlinge, ein paar davon blieben, sie heirateten, das heißt, sie heirateten ein und bekamen ein Stück von dem, was da war. Ungerne gab man ihnen ab, und immer redeten sie ein wenig falsch, wie lange sie auch blieben, nie die Kirchzeller Sprach wie alle anderen. Der Korbflechter sprach richtig. Dicklich war er fortgegangen, schmal kam er zurück, nicht abgehärmt wie die richtigen Flüchtlinge, aber schmal. Wann er das Orgelspielen gelernt hatte, wusste keiner.

Dass er blind war, merkte man nur, wo etwas anders war als früher. Kannte er sich aus, bewegte er sich geschmeidig wie jeder, der sah. Die Flüchtlinge erkannte er nicht, ihre Stimmen behielt er nur mühsam, die Namen, wo sie wohnten, ob sie blieben oder weiter mussten. War eine neue Scheune gebaut oder ein Haus, stieß er sich und tat sich weh.

Dann fing er mit den Körben an. Das brachte ihm ein Flüchtling bei aus Böhmen, älter als er, sie sprach fast nichts. Sie führte ihm die Hand. Sie führte ihn auch in den Wald und brachte ihm bei, die Stecken zu schneiden. Sie galten als Paar, das sie nie wurden. Wie wird man ein Paar?, fragte Frederik, wenn einer aus dem Dorf von den beiden erzählte.

Der Korbflechter zog in das Haus an der Straßenbiegung, da, wo die Seitenstraße abzweigt, aus dem Dorf heraus, zum Friedhof, zur Hainbuche, zu den Drei Seen. Unten war ein Fenster, im Fenster saß er, flocht Körbe. Als ich ein kleines Mädchen war, flocht er kleine Körbe, die Körbe wurden größer.

Gut spielte er die Orgel nicht, aber er hatte eine Stimme, verkündete mein Vater, der von Musik etwas verstand und Ehrenmitglied im Musikverein war, nach jedem Gottesdienst. Was ist eine Stimme?, fragte ich meine Großmutter, und meine Großmutter sagte, man hört, dass er eine Seele hat. Haben wir auch eine Seele?, fragte ich, aber so leise, dass sie es nicht hören konnte, ich weiß bis heute nicht, was sie geantwortet hätte, und jetzt ist sie lange tot. Der Korbflechter ist auch lange tot.

Er lernte so geschickt, Körbe zu flechten, dass seine Körbe immer größer und immer kleiner wurden, er lernte, Stühle für Puppenstuben zu flechten und Betten. Eigentlich war er berühmt, denn aus den umliegenden Dörfern und selbst aus der Stadt kamen zu ihm die Leute mit ihren Wünschen für Weihnachts- oder Geburtstagsgeschenke, auch Osterkörbchen flocht er und zu Erntedank große Teller und flache Körbe für Obst und Getreide. Auf den Märkten und Kirchweihfesten der umliegenden Gemeinden hatte er einen Stand, einer fuhr ihn immer, ihn und seine Körbe, fuhr ihn, damit er sein Geld verdienen konnte. Manchmal musste er abends lange warten, bis er wieder abgeholt wurde, und einmal, erzählte man im Dorf, vergaßen sie ihn, da saß er die ganze Nacht bis zum Morgen hinter seinen Körben.

Fürs Orgelspielen nahm er von der Gemeinde nichts. Aber er bestimmte, dass die, die ihm das Korbflechten beigebracht hatte, versorgt wurde. Sie bekam im Lehrerhaus ein Zimmer und zu essen, die Gemeindeschwester aus Kirchzell pflegte sie, als sie bettlägerig geworden war, die paar Tage zu ihrem Tod, und während sie starb, erzählte man im Dorf, spielte er ihre Lieblingslieder, die Kirchentür geöffnet, dass man es bis zu ihr hören konnte.

Wir fürchteten uns, wenn wir an seinem Fenster vorbei sollten, wechselten die Straßenseite, gingen rasch und ohne den Kopf zu wenden. Er hörte uns, das Fenster stand, wenn es nicht allzu kalt war, einen Spalt offen, manchmal streckte er die Hand hinaus, als wolle er uns, denn das Fenster lag etwas tiefer als die Straße, bei den Beinen packen. Er hörte uns und rief uns etwas zu, nicht freundlich und nicht unfreundlich, er nannte, wie im Dorf üblich, nicht unsere Namen, sondern unser Herkommen: Die aus der Schule, hießen wir oder: Die aus dem roten Haus, seit unser Haus rot gestrichen war.

Dann rief er mich plötzlich doch beim Namen. Meine Großmutter oder meine Mutter müssen ihm den einen oder anderen Korb abgekauft und von mir gesprochen haben, dass er mit einem Mal meinen Namen wusste. Er sagte den Namen, wie ich es nicht kannte, dass er schier Klang wurde, ein besonderer Klang, nicht aufmüpfig, aber hell und mutig, und wenn ich ihn meinen Namen sagen hörte, kam ich mir anders vor, wie aus einer Geschichte, geschwind und aufrichtig und klug, manchmal kam es mir vor, als habe er gar nicht an mir, nur an meinem Namen Gefallen gefunden. Er rief mich nicht zu sich, er rief bloß.

Ich war sieben oder acht Jahre alt. Wir trafen uns ein Mal auf der Straße, er ging ohne Stock, langsam, aber mit sicheren Schritten, grüßte mich. Wie er mich gehört haben konnte, weiß ich nicht, ich trug Turnschuhe und war fast lautlos. Ich gehe Orgel spielen, soll ich es dir zeigen? Wieder war seine Stimme sachlich, ohne eine Gemütsbewegung erkennen zu lassen, deswegen ging ich mit, ich wollte nicht so sachlich genannt werden. Dann bekam ich aber doch Angst, er wird es gemerkt haben, ging die Stufen zur Empore voraus, wartete nicht, fragte nicht mehr, ob ich mit hinauf käme, ich schlich hintendrein, setzte mich auf die Stufen und schaute von dort zu, wie er mit dem Instrument begann, schaudernd, ich hatte nicht gewusst, dass man mit den Füßen auch spielte. Er bewegte sich, wie ich nicht wusste, dass sich ein Mensch bewegen kann, und musste lachen, weil er wackelte, es war nicht anmutig, aber die Seele sah ich auch.

Als unsere Eltern nicht lange danach beim Essen sagten, der Korbflechter sei gestorben, konnte ich vor Schreck nichts sagen.

Hat er dir nicht neulich vorgespielt? fragte mich mein Vater. Ich nickte.

Später drängten sich meine Brüder um mich. Hat er was gesagt? fragte mein großer Bruder.
Ist er jetzt wirklich tot? fragte mein kleiner Bruder, als müsste ich es am besten wissen.

Großvater war es, der sagte, nun erzähl' doch mal einer eine Geschichte! Und mein Vater stimmte zu. Es war, als müssten die Männer Geschichten hören, während sich die Frauen mit Sätzen begnügten, mit Sätzen, die keine weiteren Sätze im Schlepptau hatten. Beim Essen wurde immer geredet. Weil wir viele waren, sieben Leute, weil zufällige Gäste, hartnäckige Besucher sich dazu gesellten, redeten alle durcheinander, alle redeten. Die Sätze hatten oft kein Ende, man merkte sich einen Satz, vergaß einen anderen, die vergessenen tauchten wieder auf, die erinnerten verloren ihren Sinn. Mein Großvater verabscheute das Durcheinander.

Am Ende gab es noch ein Pferd, eine Stute, bei Meixners auf dem Hof, hinten in der Scheune hatte sie ihre Box, neben dem Stier, den es auch noch gab, beide wurden verliehen, die Stute und der Stier, die Stute mit ihrem Zaumzeug, der Stier mit dem Nasenring. Das Pferd wurde im Wald gebraucht, wo er abschüssig war und die Wege schmal. Manchmal wurde gepflügt, ich weiß nicht, warum plötzlich das Pferd pflügen sollte statt eines Treckers, wir waren darüber froh, weil wir helfen durften, wir führten die Stute am Zügel, in gerader Linie, hin und her. Großmutter zuckte zusammen, wenn wir zurückkamen, nach Pferd riechend.

DER ABEND kam, es wurde leise, kein Hund bellte, eine Taube gurrte, im Wald hinterm Haus regte sich dies und das, Rehböcke, in der Stille hörte man, wie sie ihre Geweihe aneinanderschlugen, manchmal bellten sie, ja, sie bellten. Großmutter kam zur Gartentür und sagte, geh hinein, es ist Nacht. Sie sagte es, wenn der Abend zu sinken begann. Sie sah es, glaubte nicht, dass man sich in der Abendkühle erkälten werde, sie fürchtete sich vor den Tieren, sie mochte Tiere nicht. Manchmal, wenn meine Großeltern über Nacht blieben, saß sie da und zählte durch die geschlossenen Fenster die Tiere auf, die ihr einfielen, unangenehme Begegnungen allesamt, nichts war ihr unangenehmer als die Vorstellung, von einer Vogelfeder, einem Fell berührt zu werden. Sie mied, wo es sich machen ließ, die Namen der Tiere, es

gibt, sagte sie, so viele Leute, über die keiner spricht, was soll ich über Tiere sprechen.
Als meine Großmutter noch lebte und wir klein waren, vermieden wir es ebenfalls, das Wort »Tier« oder Tiernamen auszusprechen, wir sagten stattdessen, das erste Geschöpf, das zweite Geschöpf, wir zählten, soweit wir zählen konnten. Wir waren klein, weit ging es nicht, die Zahlen waren unerreichbar wie die Tiere, mühsam buchstabierten wir die Ziffern zueinander, aber wir streckten uns, reckten die Köpfe, hielten einander an den Fingern fest, die Fußzehen nahmen wir zu Hilfe, gerieten ins Durcheinander, verhakten uns, rollten übereinander, gerieten in Streit. Das fünfzehnte Geschöpf. Das fünfundzwanzigste Geschöpf.
Ihr Gesicht war angenehm, es blieb, was ihr auch begegnete, angenehm, sie verzog es nicht, nur wenn von den Nazis die Rede war und wenn einer von Tieren sprach. In ihrer Heimat hatte es, erzählte sie, auf dem Hof, über den Hof hinweg, dann rechts zu den Stallgebäuden, Tiere gegeben, hinter braunen, wettergebleichten Holztüren verborgen, in niedrigen Gebäuden, deren Ziegeldächer bewachsen waren mit Gräsern, Bäumchen, schiefen Schornsteinen. Es gab keine Ursache, keinen Grund, nicht einmal Sätze, nicht eine Geschichte. Nur diese Abneigung, wie ein Ekel, für den sie mein Großvater, der Hunde liebte, tadelte. Mitgeschöpfe sind es, sagte er und war empört. Seid nicht selbstgerecht!, mahnte er.
Geschöpf Neunzehn war ein Igel. Wir schleppten ihn ins Haus, er wäre sonst erfroren. Auch wenn sich ihr Gesicht verzog vor Unwohlsein und Ekel, stimmte sie zu, den Igel aufzunehmen, man ließ nichts sterben, nichts.
Sie war sicherlich in weißen Strümpfen, mit weißer

Schürze, in der Kleidung des kleinen Mädchens zum Eiersuchen geschickt, voller Entsetzen stehengeblieben, als die Hühner auf sie losrannten.
Ihre Gegenwart, hatte sie mir einmal gesagt, als sie schon alt und ich ein Kind war, ihre Gegenwart war gleich vorbei gewesen, der Hof gehörte, als sie ihn überquerte, schon in die Vergangenheit. Mit allen anderen wurden sie vertrieben, ein Köter wurde mitgenommen, ein alter Jagdhund besserer Zeiten. Wir losten, welche Zahl auf ihn, den Hund, der abmagerte, verrückt wurde, fallen sollte. Es war die Fünfundzwanzig. Da konnten wir längst zählen, so weit wir wollten.
An einem Abend erzählte meine Großmutter von ihrer Flucht. Es war der Abend, an dem sie von dem Hund redete, dem alten Hund, der Abend, an dem auf irgendeine Weise meine Großmutter starb. Der Rest war Zugabe, Höflichkeit, matter Gehorsam dem Körper gegenüber.
Ein Sommerabend, heiß, der auch spät nicht abkühlte, trotzdem einen klaren Himmel sehen ließ, erst lange dämmerig, dann schwarz und voller Sterne. Man konnte, an einem solchen Abend, nicht schlafen gehen. Wir waren vor dem Haus. Sie saß in einem Liegestuhl, dem längst das Fußteil fehlte, saß sehr aufrecht, anders nie, schaute zufrieden in den Himmel, war froh, dass sich kein Tier in unserer Nähe zeigte.
Den Igel aufzunehmen war ein Irrtum, obwohl es ihn rettete. Er rannte unruhig durch das Bad. Er stank, stank immer schlimmer. Die Stacheln wurden stumpf. Die Beine blieben mager. Er stemmte sich die Wand hinauf, fand nichts. Suchte in Ecken, in hintersten, fand Staub und Watte, die ihm auf den Stacheln spießte. Meine

Großmutter quälte sich. Sie schnitt ihm Apfelschnitze, gab von den Salatblättern. Gestank war ihr verhasst. Der Igel war im ersten Stock.
Ein leichter Wind kam, brachte von den Wiesen angenehmen Duft, der Mond ging auf, man hatte nicht viel davon, noch war es hell. Sie bat um eine Decke.
Wir haben, trotz all der Sommer, die wir auf dem Land verbrachten, niemals den Himmel beobachtet, kannten nicht mehr als den Großen Bären, den wir für Großmutter nur Großen Wagen nannten, fanden den Abendstern, verstummten, liebten die Blumen, rochen sie in der Dunkelheit, Jasmin, zuweilen Rosen. Je-länger-je-lieber, das sagte meine Großmutter, zupfte die Blüten oder trockene Blättchen, erneuerte den Stock, band frische Fäden.
Sie wäre auf der Flucht gestorben, erzählte sie an jenem Abend. Sie rutschte vom Wagen, lag am Straßenrand. Der Hund war auf dem Wagen. Hund, sagte sie. Ein Hund. Er winselte. Er sprang hinunter. Er lief zu ihr, legte sich auf ihren Körper. Man sah sie, da er auf ihr lag und jaulte.
Sie roch, erzählte sie, Hundegeruch, das Fell – verfilzt, verdreckt. Einer hob sie auf, legte sie auf einen Karren, nahm sie mit. Ein Wunder, dass sie nicht erfror.
Ich brachte ihr die Decke. Es war noch warm. Im Gebüsch raschelte es. Sie verstand, ihre Ohren zu verschließen.
Der Hund war nicht Geschöpf Nummer eins, sie wusste auch nicht, welche Nummer er für uns tragen sollte. Auf seinem Rücken, sagte sie, habe etwas geschrieben gestanden. Sie konnte es nicht lesen. Sie erzählte, wie oft in Träumen auftauchte, was mit roter Farbe, wie mit einem

Pinsel, auf seinen Rücken geschrieben stand und bis zur Flanke, sie sah den Schriftzug, sah im Traum deutlich fremde Buchstaben, konnte sie nicht erkennen, nicht entziffern, mit roter Farbe – wer schreibt mit Pinsel auf den Rücken eines Hundes? Die Tiere, sagte sie, als könnten sie dafür aufkommen, dass man die Menschen nicht zu hassen beginnt, die Tiere, gezählte Geschöpfe, ihr Gesicht verzog sich nicht, wenn einer darauf kam, wie Tiere der Zahl nach geschlachtet wurden, sie schien es zufrieden zu sein.

Irgendjemand hatte also auf den Hund ein Wort geschrieben. Aber es war doch der alte Jagdhund?, fragten wir an diesem Abend. Ein verrückter Hund, vom Hof mitgekommen, von zu Hause mitgekommen.

Der Hund hatte sie gerettet, sagte sie an jenem Abend, ein Tier.

Frederik, der vor allem Pferde mochte, wehrte sich. Ohne Zwei wärt ihr nie so weit gekommen, ohne Zwei hätte keiner den Karren ziehen können, auf dem du lagst. Ohne Hund und Pferd wärst du am Wegrand erfroren.

Vielleicht, weil sie, die wir über alles lieben, Tiere nicht mochte, redeten wir so oft über Tiere.

Im Scherz hatten wir begonnen, die Namen der Tiere zu vermeiden, es war längst Ernst. Mein kleiner Bruder kannte die Namen kaum, so oft hatten wir ihm unsere Zahlen vorgebetet. Igel – Geschöpf Nummer Neunzehn. Pferd – Geschöpf Nummer Zwei. Auf unserer Arche Noah aus Holz und mit Holztieren in Streichholzschachtelgröße riefen wir sie bei ihrer Zahl. Ein Hund war Geschöpf Nummer Fünfundzwanzig. Er sollte nicht an den Anfang. Er sollte nicht ans Ende. Er sollte in der Mitte

bleiben. Geschöpf Nummer Fünfzig war das Chamäleon. Wir gerieten nicht durcheinander.
Sie sagte an dem Abend, der Hund stank, er stank nach Rauch. Er stank nach uns.
Was sind wir, sagten wir.
Der Hund, sagte sie, war nicht von zu Hause. Der Hund kam von einem anderen Flüchtlingszug.
Wir fragten: Was für ein anderer Flüchtlingszug?
Sie antwortete nichts.
Ich mag nicht mehr, sagte sie plötzlich. Von jedem Geschöpf ein Paar. Und Engel soll es keine geben. Dafür Tiere. Wer will da leben?
Guck mal, da ist ein Fünfundzwanzig, rief mein kleiner Bruder.
Ein großer Hund tauchte still aus einem Schatten auf. Auf seinem Rücken stand etwas geschrieben.
Komm, stand da.

Nach starken Regenfällen steigt aus dem Tal der Nebel auf, die Hügelkappen zeigen sich als Inseln. In den Wald haben die Stürme Schneisen geschlagen oder kahle Stellen. Ist das Holz weggeschafft, wachsen auf den Lichtungen Fingerhut und Blaubeeren, Brombeeren auch, wilde Pfefferminze, Kreuzlabkraut und Pfaffenhütchen.

Das Dorf liegt an der Grenze, gerade noch im Bayerischen, der nächste Ort ist schon in Hessen. Die Berge sind oben flach, sogenannte Tafelberge, sie sind zumeist dicht bewaldet, die Dörfer sind abgelegen, ein paar Dutzend Häuser um eine Kirche. Größere Höfe gibt es kaum, in den letzten Jahrzehnten mussten die Bauern modernisieren, Kredite aufnehmen, um überleben zu können, viele haben aufgegeben, sie arbeiten in der Fabrik, die jungen Leute lernen andere Berufe.
Stadt und Land sind streng geteilt. Aus dem Dorf fährt man nicht in die Stadt, wenn es sich vermeiden lässt. Die Dorfbewohner wissen von der Stadt so wenig wie wir Stadtbewohner vom Dorf.

Die alte Frau Trunk kam früher zur alten Frau Schneider, die damals gar nicht alt war, und brachte Brot, das sie eben frisch gebacken hatte, der alte Brotofen stand in Trunks Scheune. Sie kam manchmal zur Melkzeit in den Stall, mit dem noch warmen Brot, ich erinnere mich, wie sich der Geruch des Brotes mit dem Geruch von Kuhmist mischte, der in Schubkarren geschaufelt wurde. Mit dem Schubkarren musste man das schmale Brett hinauf auf den Misthaufen, bis oben hin, dort den Mist auskippen. Wenn Frau Trunk mit dem Brot in den Stall oder in die Scheune kam, ging Frau Schneider in die Küche, und wir liefen hinterher, dort wurde das Brot angeschnitten, wir bekamen jeder eine Scheibe, mit Butter bestrichen.

EINES SOMMERS wurde die Hitze unerträglich, der Wald schien den Schatten aufzusparen, das Wasser wurde knapp, der Garten welkte, es war, als habe ein heimlicher Groll sich ausgebreitet. Mein Großvater vertrug die Hitze am wenigsten. Er hatte Schluckauf. Er war rastlos, als wäre die Zeit knapp. Weil er zu meiner Großmutter gehörte, ängstigten wir uns um ihn. Zu tun gab es in diesem Sommer nichts, es war sogar den Dingen viel zu drückend, als dass sie hätten kaputtgehen mögen.

Da baute mein Großvater eine Hütte. Was er für uns tat, hatte immer Hintersinn. Die Hütte baute er erst für sich, so war ihr Anfang unschuldig. Er wurde damit auch nicht fertig, die Rückwand fehlte, er stellte aber einen Stuhl hinein und forderte uns auf zu kommen. In der

Hütte war es immer kühl, der Kirschbaum und der Nussbaum teilten sich die Hoheit darüber, es herrschte dichter Schatten, und von der Wiese, die tiefer lag und an den Wald zum Tal hin grenzte, wehte Wind herauf und brachte Kühlung.
Großvater trauten wir nicht. Er wollte nicht, dass wir wussten, woher er kam, wir wussten es aber. Er wollte nicht sagen, was er im Krieg gewonnen, was er verloren hatte, das machte uns misstrauisch. Zu den Verlierern gehörte er nicht.
Saß Großvater in der Hütte, gab er uns Anweisungen, wie sie fertig zu bauen sei. Er wies auf die Hölzer, die Querverbindungen, die Schindeln, die das Dach decken sollten, er zeigte auf Nägel und auf Streben. Aber der Schluckauf störte, es war, als ob er stottere, alles Gesagte kam wieder mit einem schluchzenden oder rülpsenden Geräusch. Wir taten, als gehorchten wir, doch sobald seine Gedanken abschweiften, legten wir wieder hin, was wir zur Hand genommen hatten.
Nachts schlich ich mich manchmal hinaus und bis zur Hütte, übers feuchte Gras, nachts wenigstens kühlte es bei uns auf der Höhe ab. Ich schlich zur Hütte und fand dort eine Decke, ein anderes Mal einen angebissenen Schokoladenriegel. Meine Brüder schliefen; als ich zurückging, sah ich sie in ihren Betten. Ein Mal fand ich einen Hut. Ich überlegte, ob es der Hut meines Großvaters sei. Er roch anders, es war ein grauer Hut aus Filz. Ein Hut hilft gegen Läuse, sagte mein Großvater oft, und meine Großmutter, die Tiere eh nicht leiden mochte, Insekten am wenigsten, wandte sich ab; den Hut mochte sie auch nicht.
Alle sechs Jahre ging sie mit ihm einen neuen Hut kau-

fen. Der alte kam zu uns ins Dorf. Er lag in der Garderobe, ganz oben auf einem Brett, neben den Gleitschuhen meiner Mutter, die wir als Kinder auch noch benutzt hatten, bevor wir Schlittschuh laufen lernten. Der Hut blieb, wie in dem Haus alles blieb. Selbst, was wir loswerden wollten, blieb hartnäckig, alte Kleider, die wir hassten, Trabanten unserer Kindheit, die wir verachteten, Pudelmützen, runde Strohhüte mit einem weißen Band darum, mein Großvater hatte sie ins Haus gebracht. Gutmütig war er, zu Kindern und Tieren insbesondere, er grüßte alle Leute und hielt nicht viel von ihnen, man wusste nicht, was für ein Mensch er war.

Der Mond stand überm Wald, über dem nächsten Hügel, über der Wiese und der Weide, auf der nachts ein paar Rinder grasten, aus dem Wald bellten die Rehböcke.

Du kannst in der Hütte schlafen, sagte mein Großvater zu mir, deine Brüder wollen zelten, wenn du nicht zelten willst, darfst du in der Hütte schlafen. Er ließ keinen Zweifel, dass es von ihm und seiner Erlaubnis abhing. Die Hütte hatte noch immer keine Tür und keine Rückwand. Aus dem Fenster unseres Hauses hatten wir schon Hunde streunen sehen, die wir, war meine Großmutter nicht in Hörweite, auch so nannten. Großvater liebte Hunde. Vor uns hatten sie Angst, sie rannten wie Schatten davon, als müssten sie um ihr Leben rennen. Großvater liebte alle Tiere und sie ihn, vor allem aber Vögel.

Es gab Geheimnisse, die wir nicht miteinander teilten; wer wen liebte, war ein Geheimnis. So gut verbarg sich jede Liebe, dass mein kleiner Bruder Frederik mich eines Tages fragte, ob Mutter ihn wohl liebe, ob Vater ihn wohl liebe. Nur bei meiner Großmutter wussten wir es, als wäre sie von allen Geheimnissen ausgenommen.

Die Vögel waren das Dunkelste im Garten, sie versammelten sich um die Hütte, es war auch ihnen heiß, sie verbargen sich zu Hauf in dem Gestrüpp, da, wo die Rückwand fehlte, stoben davon, wenn man sich unvorsichtig näherte, ließen sich, wenn wir Kinder leise kamen, nicht stören, wenn mein Großvater in der Hütte saß, in der er alles andere vergaß, blieben sie bei ihm und hüpften zu seinen Füßen; er kam nicht zum Essen, wir wurden nach ihm ausgeschickt.

Am Ende dieses Sommers fing er an zu verhungern. Er sagte zu uns Kindern, man müsse zu irgendeinem Zeitpunkt Ordnung in sein Leben bringen. Er wollte nicht mehr essen, nahm allenfalls das alte Brot, das in einem Stoffbeutel darauf wartete, dass wir es den Pferden oder Schafen brachten, und manchmal kam Frau Brenner und holte davon für die Hühner.

Großvater hatte plötzlich weite Hemden an, den Hut setzte er gegen die Hitze auf. Guck mal, sagte mein großer Bruder, er sieht gar nicht mehr wie Opa aus. Wie sieht er aus? Wie eine Vogelscheuche.

Es war nicht so, dass er verschwand. Er tauchte nur nicht mehr auf, zu den Mahlzeiten, zum Gute-Nacht-Sagen, nicht einmal morgens, wenn wir einer nach dem anderen aus den verschwitzten Betten schlüpften und uns vorm Haus trafen.

In diesem Sommer hatte jeder seine eigene Tages- und Nachtzeit. Mein großer Bruder nahm sich manchmal zu essen mit und aß im Wald. Mein kleiner Bruder wollte im Zelt schlafen. Meine Mutter kochte so wie immer. Es kam vor, dass sie und meine Großmutter und ich allein am Tisch saßen.

Nachts konnte ich, wenn ich aufwachte und hinaus

schlich, in der Küche hören, wie Großvater an dem harten Brot nagte. Vielleicht zerkrümelte er es mit seinen Zähnen auch nur für die Vögel. Niemand behauptete im Ernst, es gebe bei uns Nachtigallen, es gab sie aber doch. Es waren Nachtigallen. Alle konnten sie hören, in der Hitze, die gegen Abend endlich nachließ; war die Sonne untergegangen, durften wir den Gartenschlauch anstellen, und ein Eimer stand da, die Füße hineinzutauchen ins lauwarme Wasser. In der Nacht sangen die Nachtigallen.
Kurz vor der Rückkehr in die Stadt kamen Gewitter, die Hitze brach, die letzte Woche war es kühl.
Eines Nachts baute mein Großvater die Rückwand der Hütte, am Tag hatte er auf der Wiese Holz zusammengetragen, zwei alte Türen schon miteinander verbunden, nachts trug er sie allein zur Hütte, nagelte sie fest. Wer hat dir geholfen?, fragten wir Kinder ärgerlich.
Er sah aus wie ein Greis, die Beine dünn wie Vogelbeine, seine Arme dünn, undenkbar, dass er eine Last heben sollte. Undenkbar, dass er mehr vermochte als zu sterben.
Wir dürften, verkündete er, die Hütte nicht betreten, bis zum nächsten Sommer. Ein paar Tage hielten wir uns daran.
Warum dürfen wir nicht in die Hütte?, fragten wir dann streng. Wir standen nebeneinander, alle drei, er uns gegenüber. In seinem Gesicht war etwas aus Unwillen und List. Wir wollten ihn sehen, auf einmal. Seinen Großvater sieht man nicht, man kennt ihn nur. Aber als wir noch näherkommen wollten, flogen die Spatzen, Amseln, Meisen und Grünfinken, ein Dompfaff auch, aus den Holundersträuchern und machten ein Getöse, bis meine Eltern die Köpfe aus den Fenstern streckten und mein Vater rief, was ist da los?

Wir drei blieben stehen, wir waren unterlegen. Er steckte uns, als wir abreisten, je einen Zettel zu, auf dem geschrieben stand: Die Hutte gehört dir.
Danach lebte er noch lange, länger als meine Großmutter. Ich würde ihn, der nun seit Jahren auch tot ist, nicht wiedersehen wollen, aber im Traum schleiche ich manchmal nachts zur Hütte hin und suche seinen alten Hut.

Fand man die Stubenfliegen am nächsten Morgen tot auf dem Boden oder auf den Fensterbänken, waren sie schon getrocknet und raschelten. Wir sollten sie einsammeln, am besten in ein Schälchen, und hinaustragen, am besten auf den Kompost. Meine Großmutter und meine Mutter verabscheuten die Fliegen, und mein Großvater postierte sich nachmittagelang mit einer Fliegenklatsche oder auch einer Sprühdose Paral an den großen Fenstern und erschlug oder vergiftete sie.
Uns störten die Fliegen nicht. Aber ich mochte keine Spinnen und bezahlte meinen älteren Bruder mit Gummibärchen oder Bonbons, wenn er aus meinem Zimmer die großen Spinnen fing. Er fing sie in kleinen Gläsern, die meine Mutter für Marmelade aufbewahrte, und hielt sie mir vor die Nase, bis ich bezahlt hatte. War es eine besonders große, haarige Spinne, trieb er den Preis in die Höhe, indem er drohte, er könne sie auch wieder freilassen.
Unsere drei kleinen Kammern lagen im ersten Stock, ein größeres Zimmer diente als Spielzimmer, auch meiner Großmutter zum Schlafen, denn Großvater schnarchte und schlief separat, meine Großmutter auf

einem Sofa, morgens standen wir um sie herum und warteten, dass sie aufwachte.
Jeden Sommer verbrachten wir auf dem Land, mit meinen Eltern oder Großeltern. Meine Großeltern mussten auf uns aufpassen, wenn unsere Eltern verzweifelten an den endlosen Sommertagen. Weit und breit gab es, wenn man wie jeden Sommer die Sehenswürdigkeiten der Umgebung mit Gästen abgeklappert hatte, nichts zu tun, als mühselig Essen herbeizuschaffen, denn im Dorf gab es keinen Laden, und wir aßen viel.
Wir wuchsen im Sommer. Wir wurden länger, schlanker auch, und wenn ich die Fotos anschaue, sehe ich, wie ernst wir waren. Auf irgend eine Weise waren wir im Dorf ernster als in der Stadt, obwohl wir tobten, obwohl wir freier waren, denn meine Mutter ließ uns, ließ uns verdreckt und abwesend, duldete unsere Gewohnheiten und Geheimnisse.
Zu einer Mahlzeit hatten wir da zu sein, waren die Hände allzu dreckig, mussten wir vom Tisch aufstehen und sie waschen. Wir lachten oft, aber ernst.
Wir übernachteten im Freien. Wir spielten unsere Spiele. Ein Mal im Sommer wurden unsere Haare kurz geschnitten.
Die Sommer gehörten allesamt zusammen, sie waren eine eigene Zeit, in denen der Ablauf der Jahre minder wichtig war, bis wir erwachsen wurden. Zum Dorf gehörten wir dazu, auch wo wir fremd blieben.
Die Landschaft war uns vertraut, als wären wir hier geboren.

Den alten Leiterwagen fand ich im Keller, die Räder waren lose, das rostige Eisen rollte hart über die Straße, mit ohrenbetäubendem Lärm, meine Töchter riefen mir etwas zu, aber ich konnte sie nicht hören, auf der Straße war es laut, auf den mit Schotter ausgebesserten Waldwegen ebenso. Die Waldwege hatten sich verändert, ich sagte Namen, die für die Kinder bedeutungslos waren, am Müllplatz vorbei, wo längst kein Müllplatz mehr war, am Spielplatz vorbei, wo kein Spielplatz mehr ist, zur Wildschweinfütterung hin, die Wildschweine werden aber nicht mehr gefüttert.

Die Plätze, an denen Blaubeeren wuchsen und Pilze, Braunkappen oder Steinpilze, haben sich kaum geändert. Da und dort ist der Wald gerodet, wird aufgeforstet, oder ein Sturm hat eine Schneise hineingeschlagen. Es kommt mir vor, als wüchse der Farn nicht mehr so hoch. Königskerzen gibt es viele.

Die Wiesen sind blumenreicher als in meiner Kindheit, und auf den Kornfeldern wachsen Mohn und Margeriten, Kornblumen auch.

Das Hirschgehege gibt es nicht mehr, aber die Hochsitze stehen noch immer ungefähr, wo sie früher standen.

WER DER TEUFEL WAR, darüber waren wir nicht einig. Frederik hatte lange gesagt, es sei ein Tier, es müsse eine Nummer haben, er dachte, es heiße Taufel und glaubte, es habe Schaufeln wie ein Maulwurf, und dass im Dorf das Teufelsgrab frisch aufgehäuft war,

sprach für ihn, auch wenn Simon verächtlich schnaubte. Jeden Sommer, wenn die Ferien näher rückten und damit unsere Abreise aus der Stadt, sprachen wir darüber, und Simon behauptete, er wisse, wer der Teufel sei, und ließ uns schwören, das Geheimnis nicht zu verraten. Er machte ein wichtiges Gesicht, und wir vertrauten ihm nicht, aber einig waren wir alle drei, der Teufel müsse für Unwetter zuständig sein und uns zumessen, ob ein verwünschter Regensommer uns die Ferien verderben würde. Für Verderbnis war der Teufel zuständig. Die Verderbnis fing beim Regen an und ging bis in die Hölle, dahin, wo sich um die Hälse der Toten Schlangen wanden und riesige Engel sie mit Lanzen blutig stachen.
Aber wenn es regnet, geht doch das Feuer aus?, fragte Frederik mich heimlich. Die Toten zogen einer hinter dem anderen her, sie hielten sich an den Händen, sie hatten Leiterwagen und tote Pferde dabei, sie hörten nicht auf zu leiden, sie waren stumm, das war schlimmer, als wenn sie geschrien hätten, wir wussten, wir würden sie nicht hören, wenn sie näher kamen. Wir wussten nur, wo das Teufelsgrab war, am unteren Dorfausgang, wir mussten daran vorbei, und es half nicht, wenn die Blumen darauf blühten. Oft vergaßen wir, was das rote Sandsteinkreuz bedeutete, wir gingen dann unschuldig, rannten los, wenn der Schrecken uns packte. Unweit des Grabes war auf der Straße ein junger Mann mit seinem Motorrad verunglückt und fast verblutet.
In der Erde konnte ein Riss sein, das wussten wir, wir hatten Bilder davon gesehen. Die Erde tat sich auf. Die Himmel öffneten sich. Gewürm fiel herab. Spinnen auch und Ohrwürmer.
Simon verachtete uns. Ich wusste es. Frederik litt darun-

ter, aber wir hatten nicht gewusst, wie sehr er darunter litt, erst als er eines Nachts verschwunden war und meine Eltern uns weckten, mitten in der Nacht, damit wir suchen helfen sollten, und wir suchten ihn im Haus, im Garten, auf der Straße, und schließlich fand meine Mutter ihn.

Er war nicht eingeschlafen, er hatte sich versteckt. Sie sagte nicht, wo sie ihn gefunden hatte, sie trug ihn im Arm, als wäre er ein kleines Kind, und Frederik öffnete die Augen nicht, auch nicht, als wir ihn früh am Morgen wachrüttelten. Er fing an zu weinen, leise, aber er gab nicht nach.

Das wahre Geheimnis, sagte Simon, als wir im Sommer darauf losfuhren, flüsternd zu mir und Frederik, das wahre Geheimnis ist –, aber dann brach er ab, verstummte, deutete nur mit dem Finger aus dem Fenster, wo man nichts sah als ein Nachbarhaus in unserer Straße, die Sonne schien. Und er schwieg, die ganze Fahrt, die ganze gute Stunde, die es brauchte, bis wir aus der Stadt aufs Land gekommen waren, und sein Gesicht sah anders aus als sonst, ohne Erwartung, ohne die Begierde, endlich anzukommen im Dorf.

Das wahre Geheimnis, murmelte er, als er die Treppe hinaufrannte in sein Zimmer, die Fenster aufriss, während Frederik und ich nach draußen liefen, zu den Nachbarn, in den Kuhstall, alles taten, was wir immer taten, wenn wir angekommen waren, bis wir erschöpft waren, im Gras lagen. Es war schon Abend, dämmerte schon, und der Geruch des Sommers ging auf uns über.

Es wird aber regnen, Simon sagte es fast feindselig, sein Zorn galt nicht dem Regen, vielleicht galt er uns. Der Teufel war, was dunkel war, Feindseligkeit und Streit,

vielleicht auch Neid. Vielleicht war Simon auf Frederiks Geheimnis eifersüchtig. Denn keiner teilte mit meiner Mutter ein Geheimnis, und so durfte auch Frederik keines mit ihr teilen. Aber nur Frederik, und vielleicht Mutter, wusste, wo er gewesen war die Nacht, was er getan oder gewollt hatte, was er, nur er allein, gesehen hatte.
Viel später sagte meine Mutter mir, Frederik habe Simon gesehen. Sie sagte, erinnerst du dich an die Nacht, in der wir Frederik gesucht haben, an die erste Nacht, als wir ihn schließlich beim Teufelsgrab fanden? Und da ich bejahte, fuhr sie fort, er hat gesagt, er habe Simon dort gesehen, bei den Toten. An diesem Tag nahm meine Mutter meine Hand, streichelte sie. Sie hat das ganz vergessen, all die Jahre lang, oder sie hat sich darauf verlassen, dass unsere Großmutter uns streicheln würde.
Deshalb ist das Teufelsgrab immer eine böse Erinnerung gewesen. Denn zum zweiten Mal verschwand Frederik, und wir suchten alle, Simon, meine Eltern, Großvater, Großmutter und ich. Er hatte sich vor einen Leiterwagen gespannt, den er schwarz verhängt hatte und auf dem eine Kerze stand, eine rote Kerze, das ewige Licht. Wir sahen ihn alle, wie er sich über den oberen Feldweg näherte, der um das Dorf herumführt und weiter, mit der Straße, ins Tal.
Meine Mutter fasste mich und Simon fest bei der Hand, sie führte uns nach Hause, wartete nicht auf Frederik, zwang uns ins Bett, sie war streng und stumm, als Simon aufbegehrte, wandte sie sich ab und ging hinaus. Wir fürchteten, sie würde gehen und nicht zurückkommen. Unsere Großmutter tröstete uns nicht, wir hörten ihre Schritte, liefen zu ihr, sie schickte uns aber ins Bett zurück, sie packte etwas ein. Am nächsten Morgen waren

meine Großeltern nicht da, sie kamen nicht zum Mittag- und nicht zum Abendessen. Frederik saß in der Küche. Er sah angeschlagen, aber auch zufrieden aus. Das Geheimnis ist –, sagte Simon lapidar und setzte sich an seinen Platz. Wie sonst nur an Feiertagen, stand ein Glas mit Nutella auf dem Tisch.
Ich habe eine Lampe aufs Grab gestellt, sagte Frederik. Sie haben sich gestritten, aber ich habe das Ewige Licht hingestellt.
Wer hat sich gestritten?
Papa und Oma, antwortete Frederik.
Woher hattest du die Kerze?, fragte ich. Da grinste er.
Vom Friedhof –.
Du hast sie geklaut?
Deswegen war er um das Dorf herumgegangen. Wir starrten ihn an. Nie hätten wir den Mut gehabt.
Ich habe vom Teufel geträumt, sagte Frederik. Er schaute Simon an und schwieg.
Großmutter kam erst nach zwei Tagen zurück. Sie sei beim Arzt gewesen, sagte sie. Die Erwachsenen redeten wenig.
Es wurde ein schöner Sommer, doch obwohl das Wetter sanft war, selbst Regentage mit silbrigem Himmel hell, blieben wir mürrisch. Meine Eltern fuhren für zehn Tage nach Italien. Die Großeltern hüteten uns. Um acht Uhr abends schickte Großvater uns ins Bett. Er verbot uns, alleine im Dorf herumzustreunen.
Meine Großmutter schwieg.
Am Ende dieses Sommers waren wir froh, in die Stadt zurückzukehren, zum ersten Mal froh darüber.
Wir fuhren langsam aus dem Dorf, mein Vater bremste, als wir zum Teufelsgrab kamen und drehte sich zu uns

um. Wir schauten aus dem Fenster, in die andere Richtung.
Plötzlich fühlte ich Frederiks Hand in meiner. Die Kerze ist aber da, sagte er, als wir schon auf der Autobahn waren.

Die alte Frau Schneider schaffte sich immer noch zum Gemüsegarten. Vom Hof gackerten die Hühner, gehörten aber nicht mehr ihr, sondern einem Nachbarn. Die Ställe waren lange leer. Eigentlich sahen ihre Augen auch nichts mehr, andererseits noch Kartoffelkäfer und die Nacktschnecken. Hier kannst du bestimmt gut schreiben, sagte sie mir, vielleicht Dorfgeschichten. Dorfgeschichten gibt es auch in Berlin, erwiderte ich.
Von ihren Kindern sind alle noch am Leben, nur die jüngste Tochter starb, als ich ein Kind war, weil ihre Tante, die im gleichen Zimmer schlief, auch gestorben war, nicht merkte, dass die zuckerkranke junge Frau bewusstlos wurde, zwar lag der Würfelzucker mit dem Insulin bereit, Hermine aber war gestorben. Wer tot ist, kann keinen anderen am Sterben hindern. Hermine war die dünne Tante, die dicke hieß Rosa. Zu Neujahr, wenn wir von Hof zu Hof gingen, Wünsche ausrichteten, bekamen wir von beiden fünfzig Pfennig, Kekse dazu, in Zellophanpapier, mit Tannenbäumen bedruckt.
Seit ein paar Jahren gibt es wieder mehr junge Leute,

und kleine Kinder gibt es wieder, das tut auch not, denn am Karfreitag, wenn die Zungen der Glocken nach Jerusalem geflogen sind, laufen nur ein paar größere Kinder mit ihren Ratschen durch die Straße, rufen zum Gebet. Wir klappern zum Englischen Gruß, den jeder katholische Christ beten muss, das Ave Maria, gratia plena!
Am Samstag, dem Karsamstag, leihen die Kinder unseren Bollerwagen, schmücken ihn aber nicht.
Im nächsten Jahr, habe ich versprochen, helfe ich schmücken. Dies Jahr war es zu kalt. Im Wind gingen die Kinder krumm, als hätten sie's am Rücken.

Auf dem Dorffriedhof kann man gut liegen, ich möchte da begraben sein, wenn es so weit ist, man mag dort Tote sein, wenn es nicht anders geht, und die Vorstellung, von einem Regenwurm oder ähnlichem Getier noch etwas weiter, etwa in den Garten von Frau Brenner getragen zu werden, ist weder abschreckend noch abstoßend.
Man hat vom Friedhof aus freie Luft und Aussicht, aber auch Gesellschaft, bis in den späten Abend kommt irgend einer vorbei, fährt mit dem Schlepper aufs Feld, um Stroh unterzupflügen, geht mit den Hunden spazieren, läuft ohne Grund noch einmal hinaus, bis zum Waldrand, wenn die Dämmerung sinkt, das letzte, schon schwache Licht verlischt, bloß der Himmel noch matt zwischen Wolken da und dort hellere Flecken und Flächen hat. Die Luftströmungen sind kühl, andere lindern durch ihre Wärme, alle paar Meter ändert sich die Temperatur. In der Stille – wenn nicht auf einem der Felder, jetzt schon mit Scheinwerfern, ein Traktor noch fährt – hört man allerlei Rascheln, dann auch Wasser, das zwischen Feldern fließt, zwischen Steinen gluckert. Im Sommer scheint die Luft milde, wenn der Geruch nach Weizen oder Mais über den Feldern steht.

DIE STEINE bei uns im Dorf waren rötlich, feuchte Erde klebte an ihnen, man musste sie abreiben, abklopfen, mein Großvater wollte, dass wir lernten, Steine aufzuschichten, er wollte, dass wir im Herbst Kartoffeln ern-

teten, er wollte Kartoffelfeuer anzünden, im Feuer die Kartoffeln backen, aus der verbrannten Schale lösen, meine Großmutter wollte, dass er sie in Silberfolie einwickelte, sie packte einen Picknickkorb, den mein Großvater versteckte, wenn er uns mitnahm. Wir gingen nicht gerne, es war später Nachmittag, wenn er uns rief, die letzten Kartoffeln sollten wir aus den Äckern klauben, die schon abgeerntet waren. Dicht hinter ihm sollten wir gehen, wir taten es, im Wald sammelten wir Zapfen und Rinde auf und dürre Reiser, was liegengeblieben war, durften wir mitnehmen, um das Lagerfeuer anzuzünden, die Zündhölzer hatte Großvater eingesteckt, und erst, wenn wir einen Eisenkorb voller Kartoffeln beisammen hatten, erlaubte er uns, Feuer zu machen. Die Bauern sagten nichts, weil er der Schwiegervater vom Herrn Doktor war, und es ist nie etwas passiert, kein Funken ist in ein nahes Gebüsch oder in den Wald gesprungen.
Dämmern musste es, als dürfe uns keiner sehen, deswegen nahmen wir oft Steine in die Hand, hielten sie für Kartoffeln. Die Steine sollten wir aufschichten zu einem ordentlichen Haufen, dort, wo der Weg ins Feld mündete. Dann kaufte mein Großvater selber einen Acker, talwärts gelegen, im Wald, es war ein abfallendes Stück Land, aber noch zu bearbeiten, der Bauer aus dem Nachbardorf hatte es umgepflügt, es war noch immer voller Steine, kein Mensch wusste, warum, angeblich waren schon Korn und Mais dort gewachsen. Wie mein Großvater erreichte, dass ihm der Bauer das Stück Land verkaufte, blieb sein Geheimnis, Simon flüsterte mir zu, rechtens könne das nicht sein, ein Bauer verkaufe nicht von seinem Land, ich wusste nicht, was er meinte. Frederik glaubte, dort gingen Geister um, denen er, als wären

sie Tiere, eine Zahl zuwies, die Zahl Null, er hatte Angst, wenn wir zum Acker gingen.

Die Steine schichteten wir in fünf Haufen auf, alle sollten sie gleich groß sein, wir klopften die Steine sauber, suchten aus dem Wald welche dazu, die schon mit Moos bewachsen waren, spielten Grenzstein, am liebsten hätten wir einen Ring um den Acker gelegt, damit die Geister nicht hinaus könnten, sagte Simon, und Frederik legte auf dem Feldweg, der zum Acker führte, eine Null, stampfte die Steine halb in die Erde ein, damit die Nuller wüssten, dass wir von ihnen wussten.

Der Großvater vergaß dann den Acker. Am Waldrand nistete ein Habicht. Einzig wir Kinder kamen noch. Wir schleppten einen Stamm herbei, schälten die Rinde ab, erbaten einen Hobel, eine Feile und Schleifpapier, tagelang waren wir damit beschäftigt, das Holz zu glätten. Dann suchten wir im Wald, was uns als Tisch geeignet schien, fanden schließlich ein paar Bretter von einem alten Futterhäuschen, schlichen uns in den Werkzeugkeller, nahmen heimlich Nägel und Hammer, bauten zur Bank noch einen Tisch. Der Acker wucherte schon zu. Im nächsten Sommer blühten Fingerhut und Hahnenfuß und wilder Klee und Wegerich. Ein bisschen Hafer, vor einigen Jahren ausgesät, wuchs dazwischen, winzige Birken und Buchen und Eichen streckten da und dort inmitten von Farnkräutern ihre Spitzen aus der Erde. Im Sommer darauf war es schon eine Lichtung. Es roch nach wilder Pfefferminze. Zu Hause sprach längst niemand mehr von Großvaters Acker, meine Mutter sagte manchmal »der sinnlose Wald«, mein Vater wollte eines Sommers dort Bienenstöcke aufstellen. Großmutter schwieg. Nur Simon lief weiter den Hang hinunter, sagte, es gehe dort nicht mit rechten Dingen zu, noch immer sei dort ein Stück Acker, die Erde wie frisch umgebrochen, man sehe aber keine Treckerspuren, überhaupt sei der Weg inzwischen überwachsen, ein Baumstamm quer über den Weg gestürzt.

Dann kam ein Sommer, der heiß und trocken war im Juli, wir wollten draußen im Wald übernachten, ein Zelt selber bauen, zwei Tage und Nächte bleiben, Simon setzte es schließlich bei meinen Eltern durch, Frederik durfte nur eine Nacht mit, weil er so klein war, allein meine Großmutter war eingeweiht, wo wir unser Lager aufschlagen wollten, sie würde uns zu Essen bringen. Es war der letzte Sommer, bevor ich aufs Gymnasium sollte.

Weil Wolken aufzogen, kam meine Großmutter mit einem Regenschirm, den sie als Stock benutzte, auf den Acker, sie hatte ihre Handtasche dabei. Der Baumstamm war gereinigt und mit Moos gepolstert, sie brachte uns Kakao und Wurstbrote, Äpfel und fürs Frühstück dicke Scheiben Rosinenbrot.

Nachts lief ein Licht über die Furchen, Simon weckte mich auf, umklammerte meine Hand, wir sahen eine Gestalt, sie ging gebeugt wie jemand, der Kummer hat, und immer sank sie an der selben Stelle in die Erde. Bis die Dämmerung aufstieg, konnten wir nicht wieder einschlafen. Als wir im hellen Sonnenlicht aufwachten, schlug Simon vor, wir sollten an der Stelle graben, an der die Gestalt verschwunden war. Nach zwanzig Zentimetern stießen wir auf Steine, Sandsteine wie überall, kinderkopfgroß, aber so glatt, als wären sie behauen, und rot, wie immer hier die Steine rot sind, aber doch dunkler, leuchtend rot wie in dem Steinbruch aus Miltenberg am Main, aus dem die Steine für den Kreml stammen.

Zwischen den Steinen lag eine alte blaue Mütze, wie sie die Bauern trugen, tiefer sahen wir etwas Helles. Simon fing meine Hand, als ich daran ziehen wollte, wir hoben vorsichtig die Steine heraus, das Helle war ein Schwarz-Weiß-Foto von einem jungen Mann, noch kenntlich. Wir blieben auch die zweite Nacht. Bis Großmutter kam, uns unser Abendessen brachte, hatten wir die Steine aufgeschichtet und unter Zweigen gut verborgen, zuunterst die Mütze und das Foto. Diese Nacht warteten wir, ob das Irrlicht wiederkäme. Wir schliefen ein.

Im Herbst, vor den Kartoffelferien, sagte Simon, ich müsse ihm von meinem Taschengeld (eine Mark pro Woche, seit ich auf dem Gymnasium war) etwas abgeben. Er wolle einen Bilderrahmen kaufen, aus Silber, sagte er. Ich gab ihm alles, was ich gespart hatte.

Heute nehme ich mir manchmal vor, zur Lichtung zu gehen, wenn es noch eine Lichtung ist, und nach den Steinen zu suchen, nach dem Foto in dem Silberrahmen, und das Foto mit dem jungen Mann ins Dorf zu tragen und zu fragen, wer er war. Aber ich lasse es bleiben, frage auch nicht, wem der Acker jetzt gehört, wahrscheinlich ist er auf meinen Namen eingetragen, wie das ganze Haus und Grundstück, seit mein Bruder Simon gestorben und Frederik ausgewandert ist. Man kann ein Stück Land besitzen, ohne es genau zu wissen und ohne jemals zu erfahren, ob noch immer ein Irrlicht dort umgeht oder nicht. Die alte Frau Brenner hat mir einmal erzählt, vor Jahren habe ein junger Bauer ihren Vater geliebt und sei darüber schwermütig geworden, schließlich beim Pflügen mit dem Trecker umgestürzt, darunter eingeklemmt gestorben, man habe ihn auf dem Friedhof beerdigt, einige aber hätten darüber gemurrt.

Früher haben die Kinder Blaubeeren gesammelt und verkauft, für fünfzig Pfennig den Litereimer, mit Kämmen sind sie in den Wald, die Geschickten aber waren mit den Händen schneller, sammelten die größten Beeren ohne Blättchen. Pilze wurden auch gesammelt. Kräuter sammeln manche der Bauersfrauen, im Frühling Brennnesseln, wilde Pfefferminze, und am fünfzehnten August werden Sträuße mit Kräutern und Feldfrüchten in die Kirche getragen und vom Pfarrer geweiht. Umgekehrt aufgehängt in der Scheune oder im Dachstuhl halten sie Unglück vom Haus fern.
Abends kommen aus dem Dorf Radfahrerinnen, Männer fahren mit dem Auto in ihren Wald, sie holen Holz, zwei oder drei Gärtchen gibt es außerhalb der Dorfgrenze am Waldrand, und Bienenstöcke gibt es auch. Rechts von der Straße hat ein Bauer, nachdem das letzte Stück Vieh weg war, versucht Bäume zu ziehen, es ist daraus nichts geworden, verkauft hat er keinen, die Bäume sind aber gewachsen, so gibt es hinter Tannen und Buchen plötzlich anderen Farben, es wachsen Blautannen und sogar Trompetenbäume, sie stehen durcheinander mit Blutbuchen und riesigen Blutahornbäumen, dazwischen kleine Tannen, die wohl Weihnachtsbäume werden könnten.

Jeder Baum hat seinen Besitzer, jedes Stück Wald, die Bauern wissen es, auch die, die längst in der Fabrik in Amorbach arbeiten, wissen genau, wem welcher Wald gehört. Geschlagene Stämme sind markiert mit den Initialen. Die äußeren Stämme eines Stapels werden mit einer Linie gezeichnet, so dass jeder fehlende Stamm auffallen würde. Von Holzdieben habe ich niemals gehört, überhaupt nicht von Dieben, nur die Wildschweine verwüsten oft die Felder, obwohl im Wald Elektrozäune in Kniehöhe gespannt sind.

DIE AUTOS und Trecker hatte er als Junge schon schneller repariert als sein Vater, er kam nur nicht auf die Idee, dafür Geld zu wollen, aber sein jüngerer Bruder Werner, nicht halb so geschickt, sonst aber in allem wendiger, begriff, dass sich da etwas machen ließ, denn der Vater sparte Geld und Zeit, musste nicht eigens jemanden kommen lassen oder mit dreißig Stundenkilometern über die Straßen bis zur Kreisstadt fahren. Werner behielt von dem Geld das meiste, weil der Hinker schon wieder unter dem nächsten Auto lag oder sich über den Motor beugte, immer so, als müsse er sich verstecken, wie er sich versteckte, wenn er in die Schule sollte, mit den anderen im Bus, aber nicht in die gleiche Schule, dafür reichte es nicht. Er lernte aber seinen Namen schreiben, lernte sogar zu lesen und zu rechnen, sagte seine Mutter, während es dem Vater lieber gewesen wäre zu schweigen, so lange zu schweigen, bis alles von selbst

vorüber war. In einem Verschlag unter der Treppe hatten sie einen bissigen Hund angekettet. Vom Hof hätte er keinen angefallen, aber den Jungen verbellte er, und wenn Werner so tat, als hinke er auch, verbellte der Hund Rolf auch ihn. Der mag nicht, was der Herrgott nicht gewollt hat, sagten manche im Dorf. Nicht weil der Hinker hinkte, sondern weil er kurz vor der Hochzeit geboren war, man sah darüber hinweg, aber wenn die Natur darauf zeigte, musste man es doch sehen.
Ich hatte Angst vor Rolf. Der Hof lag an der Straße zum Friedhof, zur Hohen Buche, zu den Drei Seen. Den Hundenamen wusste ich, den des jungen Mannes, nur ein paar Jahre älter als ich selber, wusste ich nicht. Ich hätte aber auch nicht gerufen, damit er den Hund festhielt.
Irgendjemand ließ den Hund nachts von der Kette. Damit er Diebe vertreibe, den Fuchs, die Wildschweine, den Marder.
Hinker, hörte ich seinen jüngeren Bruder rufen, lauf her, ich halte den Rolf fest! Dann ließ er ihn doch los.
Die Katzen schnurrten aber wie die Motoren, wenn der Hinker sie nur anrührte. Dass er den Hof nicht erben würde, war klar, er hatte die Hauptschule nicht geschafft. Sein jüngerer Bruder wurde der Bauer, der Vater war tot, die Mutter seufzte. Ebenso gut, sagte sie oft, sei ihr Älterer, nur anders sei er, so habe es Gott gewollt, dass er den Hof nicht übernehmen könne.
Rolf starb dann auch. Es war am Sommeranfang, ich war, um ihm auszuweichen, hinter dem Hof über die Wiese gegangen, wo Tag und Nacht die Kühe waren, weil Werner das Vieh draußen haben wollte. Auf der Wiese lag etwas Schwarzes, eine Krähe flog auf. Etwas so Totes hatte ich noch nie gesehen. Die toten Käfer,

Mäuse, Vögel, sogar ein totes Reh, das Frederik und ich einmal im Wald gefunden hatten, all diese Tiere waren nie tot gewesen wie der Hund, der da lag, erschlagen, das sah ich auch.
Die Krähe kreiste über uns. Ich wusste, dass ich das Fell anfassen musste und auch das Blut, das auf dem Kopf war und hinuntergelaufen, die Schnauze hinunter und auf die Wiese, es war noch nicht ganz getrocknet; ein Käfer kroch an einem roten Stengel hinauf zu dem Kopf, ich dachte, er müsste klebenbleiben.
Was ich hinter mir hörte, weiß ich nicht mehr, nur, dass ich es im Traum immer wieder höre, ein Husten oder Stöhnen oder Schluchzen oder etwas von all dem, ein erwachsenes Schnaufen, in dem sich Kummer und Scham mischten. Vielleicht wäre das der Moment gewesen den Hinker zu fragen, ob er den Hund erschlagen habe, aber er lief weg, und wie er weglief, hinkte er nicht, sah überhaupt aus wie sein Bruder, hoch aufgerichtet und behende, und der Hinker, sagte mein Vater, dem ich alles erzählte, konnte es auch nicht gewesen sein, denn der war bis zum Abend im Nachbarort, mit dem Bus holten sie aus den Dörfern die ab, die behindert waren, brachten sie zur Arbeit und zur Betreuung nach Amorbach, zur Lebenshilfe.
Der Hund war weg. Ich führte meinen Vater an die Stelle, wo er gelegen hatte, es war aber schon dunkel, und auf der großen Wiese war ein Blutfleck, das niedergedrückte Gras. Krähen flogen auch am nächsten Morgen, als ich mit Simon noch einmal zurückkehrte, nicht über der Wiese, nur eine Lerche war da, hoch in der Luft. Dass ich nun nie mehr Angst haben müsse, sagte Simon ein bisschen verächtlich, und ich wagte nicht, ihm zu

sagen, jetzt hätte ich vor dem Hinker Angst oder eben vor seinem Bruder.

Er blieb, wie er war, oder doch nicht, die Augen wurden heller, vielleicht hatte ich aber vorher nicht hingeschaut. Sein Gesicht war freundlich. Er kümmerte sich um das Vieh und die zwei Ponys für die Kinder, die beiden Töchter seines Bruders, der längst verheiratet war. Wenn er nicht arbeitete, saß er an der Friedhofsmauer auf der Bank, in der Hand hielt er ein Handy, als erster im Ort hatte er eines, zum Hohn seines Bruders und aller anderen, denn die ersten Jahre gab es keinen Empfang oder nur selten, nur, wenn der Wind aus der richtigen Richtung wehte.

Eine Frau hatte er nicht, ganz wie erwartet. Er selber hatte auch nicht daran gedacht. Ebenso gut, sagte seine Mutter, stopfte die Löcher in seinen Kleidern und kochte für ihn, als der jüngere schon seinen eigenen Haushalt hatte. Dann starb sie, der Hinker zog unters Dach in eine Kammer.

Die Trecker reparierte er weiter, nicht nur von seinem Bruder. Mit den Autos kannte er sich nicht mehr so gut aus. Er war schneller alt geworden als sein Bruder, krumm dazu, von weitem sah es aus, als müsse er bald durchbrechen. Inzwischen hatte sein Handy meistens Empfang.

Er fuhr mit seinem Bruder in den Wald, der Motor war nicht ganz in Ordnung. Sein Bruder kletterte mit der Motorsäge auf den Trecker, er rutschte aus und stürzte, mit der Säge.

Ob es still oder laut war, ob er schrie oder gleich nicht mehr bei Bewusstsein war, ob der Hinker es gesehen hatte, wie er stürzte, erfuhr keiner, überhaupt fragte keiner nach ihm, als der Notarzt abfuhr. Er war im Wald geblieben, mit dem Trecker, der dann doch repariert werden musste, und kam erst abends zurück auf den Hof, wo nur die Ponys auf ihn warteten, weil keiner sie gefüttert hatte.

Um ein Haar, dachte ich, als mir Frau Schneider erzählte, was passiert war, hätte sich alles auf dem Hof geändert, der Hinker hätte den Hof doch übernommen oder zumindest das Vieh, das er eh auf die Weide brachte, wenn es heiß war, nachts noch, und die Ponys auch, die sein Bruder von einem Jahrmarkt billig weggekauft hatte und die bissig waren.

Sein Bruder kam aber zurück. Im Dorf sagten sie, er habe sich verändert. Der Hinker hatte zu rauchen angefangen, das war alles.

Über sein Handy, mit dem er den Arzt gerufen hatte, lachte keiner mehr. Er half Frau Brenner manchmal im Garten, sammelte für sie die Kartoffelkäfer oder grub ein Stück Erde um. Irgendwann hatte er aufgehört, in den Bus zu steigen, der aus den Dörfern die Behinderten holte und zur Lebenshilfe fuhr. Wenn er jetzt einen Trecker oder doch ein Auto wieder in Gang brachte, nahm er Geld.

Ein Mal rief ich ihn auch, mein Auto sprang nicht an, stotterte nicht einmal. Der Hinker musste sich nicht über den Motor beugen, sein Gesicht zeigte eh zur Erde, er musste es drehen, wenn es nach oben gucken sollte.

Er reparierte mir mein blaues Auto. Geld wollte er keines nehmen. Er guckte mühsam zu mir hinauf, den Kopf schief, ich hätte auf dem Boden sitzen müssen, dann hätte er mich besser sehen können, seine Augen waren noch immer hell. Die Kinder hatten erst ein bisschen

Angst, dann standen sie bei ihm, so lange er da war. Sie grüßten ihn von da an, wenn sie ihn am Friedhof sitzen sahen, und seither treffe ich ihn oft, wenn ich spät noch spazieren gehe, er steht im Dunkeln auf dem Hof und raucht eine Zigarette.

Eines Tages rief mich der Nachbar in der Stadt an, er sagte mir, der Hinker sei gestorben. Ich nickte am Telefon, ich wusste nicht, was ich sagen sollte, dann redeten wir über dies und das, die Stimme unseres Nachbarn war leise, wenn man ihn kannte, wenn man seine Stimme kannte, hörte man, dass er traurig war. Dann sagte er, der Hinker habe ein halbes Jahr gewusst, dass er Krebs habe. Das war im Sommer, dachte ich, ich dachte, als wir ihn das letzte Mal gesehen haben, wusste er schon, dass er bald sterben wird. Das war im Sommer, dachte ich, als es noch hell war. Jetzt ist es Frühjahr, da ich dies schreibe, und es ist wieder hell. Er hat den Winter ausgehalten, es war ein strenger Winter, kalt und schneereich. Jetzt, wo die Tage heller werden, ist er gestorben.

Wer in den schneereichen und kalten Monaten mit ihren kurzen Tagen und langen Nächten zu wem ins Bett oder ins Stroh gekrochen sein mochte. Wessen Kinder das Licht der Welt erblickten oder eben nicht. Von den geborenen Kindern starben auch einige, es war weit zum Arzt, schon für die Hebamme war es ein weiter Weg ins Dorf, die Frauen mussten sich selber und einander helfen, auch wenn die Männer sich aufmachten, ins Tal stiegen, um Hilfe zu holen. In alle Richtungen sind die Familien miteinander verbunden und verschwägert, die Namen wiederholen sich, die Leute ähneln sich. Es war ein armes Dorf, viele waren nicht da, die man hätte heiraten können. Jetzt stehen vor jedem Hof mehrere Autos.

DEN STOCK platzierte mein Großvater eines Tages im großen Weidenkorb, der als Schirmständer diente, er war mit den Abzeichen vergangener Wanderungen beschlagen. Ich habe mich nie dafür interessiert, wo mein Großvater gewesen war und was meine Großmutter, die nicht zu Fuß ging, wenn es nicht sein musste, in der Zeit gemacht hat.

Aus dem Dorf hinaus lief Großvater selten und ungern mit uns mit, vielleicht vermisste er seinen Hund, der lange tot war und den er gegen Großmutters Widerstand ins Haus gebracht hatte, vielleicht mochte er kurze Spaziergänge nicht, oder er missbilligte, dass wir Kinder in verdreckten Hosen, mit launischen Gesichtern voraus- oder zurückrannten, mich sah er gern in Kleidchen,

Simon in einer Lederhose, Frederik war aber sein Liebling, jederzeit.

Der Stock ragte ein Stück in den Flur, Großmutter schob ihn nach hinten, er rutschte nach vorn, sie ging vorbei und stieß sich daran. Im Korb war auch ihr Regenschirm, sie besaß einen einzigen, verlor ihn nie, überhaupt verlor sie nichts oder nur für kurze Zeit, bis sie es wiederfand. Waren meine Großeltern nicht am gleichen Ort, telefonierte er, damit sie ihm sagte, wo die Taschentücher, wo das Buch, wo sein Hut, wo die Brieftasche seien, er fand sich nicht zurecht. Er sammelte auch keine Pilze, keine Beeren. Am liebsten reparierte er. Simon brachte ihm, was er nur sah, und war da nichts, erfand er etwas, ein kaputtes Vogelhäuschen, ein verbogenes Fahrrad, ein zerbrochenes Holzpferd.

Die Werkzeuge waren im Heizungskeller, und was mein Vater nicht besaß, lieh sich Großvater von den Nachbarn. Er fasste alles sorgsam an, mit fast zarten Händen, wie er sie für uns nicht hatte, wie er sie für Großmutter und Mutter nie hatte, für nichts außer Hammer, Nagel, Zange, für das, was Aufgabe war, für Klebstoff, Schere, Stoff, er ging durchs Haus und durch den Garten, suchte, was zu tun wäre, die Welt war nicht wieder gut zu machen, aber alle Dinge sollten vollzählig, jedes Teil sollte unbeschadet dem Vergessen und Verderben zugeschoben werden. Es war etwas fast Listiges in seinen Reparaturen, denn er glaubte nicht ans Glück, nie merkte man es deutlicher, als wenn er reparierte.

Gut war er trotzdem, ein guter Mensch, sagten die Leute und brachten ihm etwas, vor allem Frau Brenner kam mit ihrer Forke und ihrem Spaten, sie, in deren Garten alles gedieh, unter deren Hand alles geriet, sie brachte, was nicht mehr tat, wie es sollte, brachte es nicht dem Hinker – der war nur für Motoren und sonst nichts zuständig. Vor der Tür stand sie wie zufällig und zog aus der Schürzentasche, was zerbrochen war, eine Kaffeemühle, einen Nussknacker, kleine Sachen mit Gelenk und Schrauben, den Fleischwolf, eine hübsche Porzellanfigur.

War etwas im Schraubstock eingespannt zum Trocknen, machten die beiden sich auf den Weg, für diese Zeitspanne, die der Uhu oder Holzleim oder Porzellankleber trocknen musste, eine Zeit, in der sie eine Runde drehten, wie mein Großvater sagte. Sogar eine Mahlzeit ließ er dafür ausfallen, das Einzige, was ihn dazu brachte, dem Esstisch fern zu bleiben, waren die kurzen Gänge mit Frau Brenner, eine halbe Stunde lang allenfalls, und es fiel uns Kindern auf, denn unsere Großmutter saß stets, wo sie hingehörte, bei uns nämlich, er jedoch, vor dessen Unberechenbarkeit wir uns immer fürchteten, fehlte, ausgerechnet er, der so schnell aufbrauste, ohne meine Großmutter aber nicht einmal ein Taschentuch fand.

Die beiden spazierten los, als machten sie einen weiten Gang, sie wanderten, mit festen Schritten, als ginge es auf Berge oder in ein anderes Land, und doch spazierten sie nur bis zum alten Müllplatz, zur Hainbuche, zum alten Spielplatz. Der Weg, den sie zurücklegten, mochte kurz sein, eigentlich verdiente er trotzdem, mit einer Plakette am Spazierstock markiert zu werden. Denn den Spazierstock nahm Großvater wie nebenher aus dem Weidenkorb. Höflich ließ er Frau Brenner an sich vorbei, ließ sie vorausgehen, mit einer leichten Verbeugung, die er sonst für die Damen seiner Verbindungsbrüder aufsparte, dann nahm er den Stock so rasch, dass man kaum bemerkte, wie der Stock aus dem Korb verschwand. Und kam Frau Brenner einmal mit der Bitte, mein Großvater möge zu ihr nach Hause kommen, etwas Großes und Sperriges zu reparieren – einen Sessel, die Brotmaschine –, war es der glücklichste Tag für ihn.

An eines der letzten Male erinnere ich mich gut, ich war etwa fünfzehn oder sechzehn, Großmutter war gerade tot, und dass mein Großvater noch lebte, war mir egal. Er kam von Frau Brenner, eigentlich schon gebrechlich, an diesem Mittag jedoch eifrig und ernst, er nickte mir zu wie ein Fremder, als wollte er sagen, geh nur deiner Wege, das tue ich auch, den Stock hatte er dabei und setzte ihn fest auf.

Die Erinnerung an unser Dorf wird mit dem Tod meiner Großmutter blass und undeutlich. Bis Großvater starb, dauerte es noch, da war ich schon lange nicht mehr dort gewesen. Frau Brenner war jünger als meine Großeltern, kaum älter als meine Eltern. Sie grub noch viele Jahre die Zwiebeln ihrer Dahlien im Herbst aus, ließ sie im Keller überwintern. Ohne ihr Zutun veränderten die Dahlien ihre Farbe. Sie waren früher rot. Jetzt blühen sie in einem matten Rosa, noch immer dicht zur Straße hin. Es ist nicht lange her, dass ich mit meinen Töchtern der Straße aus dem Dorf folgte, die Dahlien waren da, aber sie blühten ärmlich. Als wir das Dorf eben hinter uns gelassen hatten, sah ich Frau Brenners Tochter im hinteren Teil des Friedhofs am frischen Grab ihrer Mutter stehen, dort, wo die Mauer von einem Zaun fortgesetzt wird, ich winkte ihr, meine größere Tochter hielt ich an der Hand, die jüngere schlief im Kinderwagen. Wir sprachen eine Weile, wie man spricht, wenn man sich nicht kennen muss und doch vertraut ist. Nur war meine Tochter unruhig, sie rief etwas, sie lernte gerade die ersten Wörter, sie stieß mich an und rief, und als ich mich endlich zu ihr beugte, verstand ich, was sie rief, Nacktnecke, Nacktnecke!, dann zeigte sie auf eine Schnecke, die ich mit den festen Wanderschuhen zerquetscht hatte, ohne es zu merken.

Vom Nachbarhof, dem kleinsten, dem ärmlichsten, kannten wir jeden Stein, als wären wir dabei gewesen, als er gebaut wurde, wie wir dabei waren, als er zerfiel, als sich die ganze Landschaft um uns veränderte, abgeriegelt wurde von dem neuen Haus, das die Nachbarn bauten, die Neffen auf dem Grund des Onkels und für ihn mit. Ein schönes Haus, das uns von dem Wald trennte, in dem das Wasserhäuschen stand, von der struppigen Insel auf der abschüssigen Wiese aus Brombeergesträuch und altem Holz und Brennnesseln. Den Hof, wie er zerfiel, sahen wir auch nicht mehr, nur, wenn wir zum Hühnerhaus gingen, um Eier zu holen.

Die alte Frau Grimm sehe ich noch vor mir, ihr Gesicht oder vielmehr ihre Hände, wie sie die Milchkannen über den Hof trug und den großen Eimer mit dem Schweinefutter, der auf dem Herd in der Küche gewärmt wurde, Kartoffeln und eine schwappende Brühe, die angenehm roch. Die Schweine hatten ihren Verschlag auf der anderen Seite vom Wohnhaus, von dem wir die Küche und die gute Stube kannten, die

Stube allerdings nur von seltenen Besuchen mit unseren Eltern, Sonntagsbesuchen, bei denen wir uns unbehaglich fühlten, wie wir uns in der Küche sicher und gerne aufhielten, im Eimer rührten, am Tisch Suppe aßen, mit Mutter und Sohn, die nachts im ersten Stock in zwei Kammern schliefen, ich glaube, die Kammer von Frau Grimm habe ich einmal betreten, vielleicht ist das aber auch ein Irrtum, eine dieser scheinbaren Erinnerungen, die einen verwirren können und die wie unheimliche Lebewesen im Kopf lebendig bleiben, lebendiger als viele zweifellos echte Erinnerungen.
Die Schweine reckten ihre Schnauze, sprangen hoch, wenn die obere Türhälfte geöffnet wurde, quiekten und schrien, bis sie ihr Futter hingeschüttet bekamen. Zwischen ihren Verschlägen, klein und niedrig wie die Zellen von Eremiten, waren die Ställe für Kaninchen angebracht; Frederik und ich pflückten Löwenzahn und betrachteten die abgezogenen Bälge mit Schaudern, der Tod der Kaninchen rückte uns auf die eigene Haut, während wir in der Blutsuppe nach dem Schweineschlachten ohne Schauder rührten.
Die Steine des Hofes waren unregelmäßiger, das Mauerwerk nicht weniger fest, aber sichtbarer als das anderer Höfe. Die Zimmer waren so niedrig, dass wir schon mit zehn Jahren bis an die Decke reichten. Licht gab es, fließend Wasser gab es, aber nur kaltes. Die Türritze wurde mit einem Haderlumpen zugestopft. Es ist, als hätte man den ganzen Hof vorsichtig auseinandernehmen können, Stein um Stein.
Die Wege zum Hof hinunter – hinter unserem Haus trennte sich von der Straße ein Feldweg, führte in

leichtem Bogen zu der Zufahrt, die ansteigend Haus und Misthaufen trennte – kannte ich besser als jeder andere, ich kannte sie mit den Füßen, von unzähligen Ausritten auf meinem Steckenpferd, von unzähligen wilden Abfahrten mit meinem roten Fahrrad, mit dem Bollerwagen. Es war die Strecke, die ich im Dunkeln rannte, bevor wir abfuhren, wenn wir, selten, am Wochenende einmal im Dorf gewesen waren,
erst nachts in die Stadt zurückkehrten.

Wenn wir heute, nachdem wir einige Wochen im Dorf verbracht haben, abreisen müssen, packen wir wie betäubt, gleichgültig und unordentlich, es scheint nicht viel daran zu liegen, was wir packen, unsere Abwesenheit denken wir uns als sehr kurz, ein paar Stunden oder Tage, und wir vergessen, die Betten zuzudecken.
Die Kinder stopfen in Beutel, was sie nicht mitnehmen sollen in die Stadt, Messer und Becherlupe und alte Spielsachen von meinen Großeltern.
Da wir so tun, als wäre es nur für die kürzeste Zeit, fällt uns der Abschied leicht, wir winken dem Haus aus dem Autofenster zu, und erst wenn wir in der Stadt sind, nach ein paar Wochen, begreifen wir, wir kehren nicht gleich zurück, es werden Monate vergehen.

BEI REGEN trafen wir uns in der Scheune über dem Kuhstall, unweit der Luke, durch die das Heu auf die Stallgasse geworfen wurde, und fingen Mäuse. Wir bauten die Fallen selbst, winzige Käfige mit komplizierten Klappen und Gummibändern, die Türen hinunterschnellen ließen. Von den Bauern bekamen wir Fallen, die den Mäusen das Genick brachen. Wir legten Vorräte an. Wir nahmen aus dem Kühlschrank heimlich Wurst, schnitten vom Käse winzige Stückchen ab. Das einzige, was wir zwischen den Mahlzeiten freizügig zugeteilt bekamen, waren Äpfel und Brot, meine Großmutter schnitt dicke Scheiben, wir packten alles in Beutel und zogen los.
Die Mäuse waren schnell, wir sahen sie zwischen Heubergen und -ballen, wir spürten den Luftzug, wenn sie

vorbeihuschten, manchmal sogar ihr Fell an unseren nackten Füßen.

Regnete es länger als ein paar Tage und fingen wir keine einzige Maus, weder tot noch lebendig, obwohl wir den halben Tag auf der Lauer lagen, lernten wir die Mäuse unterscheiden, und bald kannten wir sie genau, erkannten sie an ihrer Farbe, kleinen Verletzungen – eine Maus hatte nur einen halben Schwanz, eine andere einen weißen Fleck auf dem Rücken wie schlecht vernarbte Haut, wieder eine andere hatte ein rundes Gesicht. Wir stellten unsere Fallen auf, zählten, wie groß die Beute sein würde. Wir stellten die Fallen im Kreis oder verteilten sie in der ganzen Scheune. Wir hielten mucksmäuschenstill. Dann wieder lärmten wir mit Topfdeckeln, die wir aus der Küche liehen. Wir schlugen Schaufeln aneinander. Wir klapperten mit Eimern. Ganze Nachmittage veranstalteten wir Treibjagden.

Eines Sommers hörte es nicht auf zu regnen. Wir spielten vormittags mit meiner Mutter Fang-den-Hut oder Mensch-ärgere-dich-nicht und stritten wegen jeder Kleinigkeit. Mein Vater zog uns große Regenjacken an und scheuchte uns durch den Wald. Wir langweilten uns.

Die Mäuse, die noch lebten, gingen nicht in die Falle. Wir zählten und nummerierten sie, und da Simon auf dem Gymnasium mit Latein angefangen hatte, gaben wir ihnen Namen, Primus, Secundus, Tertius, Quartus.

Wenn meine Brüder sogar die Mäuse satt hatten und sich andere Beschäftigungen suchten, Simon tatsächlich Latein lernte und Frederik malte, schlich ich alleine in die Scheune, baute mir ein Lager aus Heu und sang den Mäusen etwas vor. Ich pfiff, zwitscherte wie ein Vogel, erzählte Geschichten, vor allem aber sang ich, manchmal nahm ich meine Blockflöte mit und spielte etwas, »Widele wedele hinterm Städele« oder »Es war ein König in Thule«.

Die Mäuse verloren ihre Angst. Schaute die Katze durch die Tür, jagte ich sie davon. Ich sagte den Mäusen, ich sei ihre beste Freundin und fütterte sie großzügig mit dem, was sie in die Fallen hatte locken sollen. Eine Maus war heller als die anderen, sie hatte größere Ohren und kam zutraulich näher, wenn ich sang. Ich nannte sie Alexandra und sang ihr Schlaf- und Wiegenlieder vor, »Joseph lieber Joseph mein« war ihr Lieblingslied.

Sie linste, wenn ich kam, hinter den Balken hervor und rannte in meine Nähe, dann setzte sie sich auf ihre Hinterbeine und putzte ihr Gesicht. Jeden Tag wagte sie sich näher. Sie kannte meine Stimme. Ich erzählte ihr alle Märchen, die ich wusste, weil meine Großmutter sie mir nach dem Abendessen vorlas. Vor meinen Brüdern warnte ich sie, vor dem Gift, das mein Großvater bei uns im Keller manchmal streute, von meiner Großmutter brachte ich ihr Apfelschnitze. Die anderen Mäuse fiepten aus dem Heu hervor, wie eine große Schar von Mahnern pfiffen sie von den Balken, raschelten unter den Bohlen.

Dann waren wir, es war ein stürmischer Tag, ganz alleine. Alles war, bis auf die Windböen und den Regen, still. Abwägend saß Alexandra auf einem umgekehrten Eimer, den der Bauer hatte stehen lassen, dann trippelte sie auf der Stelle – wie ein Trommelwirbel klang es –, sie fasste sich ein Herz und sprang zu mir, lief bis zu meiner Hand, die vor Aufregung zitterte und ein Stückchen Apfel hielt. Sie war die erste Freundin, die ich mit Geduld gewonnen hatte, und sie war mein Geheimnis.

Ängstlich lauschte ich, was meine Brüder planten. Zum

Glück fingen sie an, Drachen zu basteln, denn Simon behauptete, in diesem Jahr würde der Herbst schon im Sommer anfangen, sie würden, bevor die Schule wieder anfing, ihre Drachen steigen lassen im Herbstwind, und Großvater war mit von der Partie. Sie schnitzten Stöckchen, schnitten Seidenpapier, liefen allenthalben zu meiner Großmutter, um Faden und Klebstoff zu erbitten.
Bald kam Alexandra hervor, sowie sie mich hörte, setzte sich auf den Blecheimer und wartete, dass ich sie fütterte und ihr vorsang.
Ob sie sich vor meinen Brüdern und den Bauern verstecken würde, wusste ich nicht. Der Regensommer endete mit Sonne, meine Brüder tobten mit ihren Drachen über die abgeernteten Felder, sie gingen nicht mehr in die Scheune, bald würden wir in die Stadt zurückkehren. Ich wusste nicht, was ich tun sollte, mein Geheimnis lüften, Alexandra mitnehmen in einem kleinen Käfig, meine Großmutter um Rat fragen, still darauf warten, dass wir im Herbst, in den Herbstferien, Kartoffelferien, in denen wir, wenn sie richtig fielen, den Bauern auf den Feldern ernten halfen, wiederkämen?
Mit wehem Herz saß ich zwischen meinen Brüdern auf dem Weg in die Stadt. Als wir, es war kurz vor Allerheiligen, wieder ins Dorf kamen, rannte ich, kaum stand das Auto still, zur Scheune. Meine Brüder folgten mir. Ich rief leise, nichts rührte sich. Die Scheune war aufgeräumt. Die Heuballen stapelten sich bis zum Dach.
Die Ferien waren in diesem Jahr zu spät, alle Felder abgeerntet, das Land lag da, wartete auf den Winter. Wir mussten nach sechs Tagen wieder abreisen. Am Nachmittag des siebten Tages ging ich noch einmal in die Scheune. Es war dort eine Falle aufgestellt, darin saß

Alexandra, schaute mich an und fiepste, sie hatte zu fressen, sogar ein wenig Wasser in einem Flaschendeckel. Sie war wohlauf, ein Stückchen Schokolade war es, was sie hineingelockt hatte. Draußen hörte ich die anderen, sie packten das Auto, meine Brüder stritten sich. Ich hockte mich neben die Mausefalle, vorsichtig zog ich die Klappe hoch, die Maus saß still, sie wollte nicht hinaus. He, sagte ich, du bist wieder frei, die Maus wollte nicht ins Freie, sie fiepste, ich nahm den Käfig und schüttelte sie aus dem Käfig hinaus, geschickt drehte sich die Maus, die Alexandra hieß, dann schaute sie zur Tür und lief davon. Von draußen rief man nach mir.

Als ich zum Auto kam, saßen alle anderen an ihren Plätzen, Simon drehte sich zu mir, rückte ein Stück zur Seite. Es wurde Abend, wir fuhren in die Dämmerung, meine Eltern unterhielten sich vorne leise, Frederik war eingeschlafen, Simon und ich schauten aus dem Fenster, die Felder ließen wir zurück, den Wald, dann kam die Autobahn, am Flughafen sahen wir die Lichter der großen Maschinen tief auf uns zufliegen, dann kamen die Häuser und Straßenlampen. Auf den letzten Metern schliefen auch wir beide ein, unsere Eltern trugen uns ins Haus und legten uns auf unsere Betten, zogen uns nur die Schuhe aus.

So wachten wir anderntags auf, in Kleidern, mit dem Geruch von Heu und Wald.

Als wir aus der Schule kamen, waren die Kleider schon gewaschen.

Noch im November wurde ich krank, Tage und Tage musste ich zu Hause und im Bett bleiben, meine Brüder ärgerten sich über mich, meine Großeltern kamen eigens zu Besuch, meine Großmutter saß an meinem

Bett und hielt meine Hand. Das Fieber ging und kehrte zurück, es stieg wieder, meine Mutter brach in Tränen aus, der Arzt kam ins Haus. Dann wollte ich nicht meine Mutter und nicht einmal meine Großmutter an meinem Bett, Simon kam, er schlief auf einer Matratze neben mir. Leise erzählte er, wie er mir doch ein paar Mal, statt Drachen zu basteln, in die Scheune gefolgt war und gesehen hatte, wie ich die Maus zähmte, und wie er sich bis zu den Herbstferien gesorgt hatte, was wohl aus ihr würde, und wie er, als der Tag der Abreise näher kam, beschloss, eine Falle aufzustellen, eine Falle, in der sie lebendig bliebe, denn er habe gedacht, ich würde sie mitnehmen in die Stadt; am nächsten Tag ging er, als ich schlief, weg.

Den ganzen Nachmittag wartete ich, dass er zurückkommen würde. Ich weigerte mich, das Licht anzumachen und schrie, wenn meine Mutter es anknipste, es war längst dunkel, als ich ihn ins Zimmer kommen hörte. Er setzte sich zu mir, sagte, er sei im Dorf gewesen, er habe Alexandra in der Scheune gesehen und ihr erzählt, dass ich krank sei und vielleicht nicht wiederkommen würde. Er gab mir eine Handvoll Heu, legte sie unter mein Kissen.

Als ich ein paar Wochen später wieder aufstehen konnte, nahm er mich zur Seite und sagte, jetzt schulde ich ihm ein Leben. Vor sieben Jahren fuhr ich ins Dorf, suchte eine Handvoll Heu, um sie ihm ins Krankenhaus zu bringen. Genau konnte man es nicht erkennen, aber ich glaube, er lächelte.

Eines Nachts heulte auf dem Dach unseres Hauses, des ehemaligen Schulhauses, die Sirene, sie heulte, drehte sich, der Ton kreiselte, geriet aus der Bahn, für einen Moment war es still. Unsere Zimmer im oberen Stockwerk des Hauses schienen am Ende der Welt. Ebenso stocksteif wie ich saßen meine Brüder in ihren Betten, jeder von uns gewiss, er sei alleine. Irgendwo bellte ein Hund, im Haus raschelte es, so wie immer, Mäuse oder kleines Ungeziefer, die Ohrkneifer machten auch ein Geräusch, Fliegen ließen sich hören, vielleicht schlichen mit ihren dünnen Beinen die Spinnen über ihre Netze. Jeder von uns wusste, dass die Augen zeigten, was die Ohren nicht hören konnten, weil sie nicht fein genug waren, was aber doch hörbar war. Jeder von uns wusste, wenn die Augen versagten, gaben die Ohren Zeichen, dass da etwas zu sehen war. Wir hatten immer eine Art Angst. Wir ließen sie uns nicht ausreden von den Erwachsenen, wir wussten es besser.

In der Stille hörte ich, denn ich hatte das Fenster aufgestoßen, die Füße eines Frosches. Dann heulte wieder die Sirene.

Es war jetzt Ernst, soviel war klar. Wir standen alle drei gleichzeitig aus unseren Betten auf, wir hörten, einen Moment später, die Eltern von unten rufen, wir liefen, jeder mit seinem Kuscheltier, die Treppen hinunter. Bekamen die Jacken ausgehändigt, schlüpften barfuß in die Schuhe, wurden vors Haus geführt.

Im Dunkeln rannten Männer, riefen, rannten, zogen den Schlauch, das eine Ende im Löschteich schon eingetaucht. Das Feuerwehrauto aus dem Schuppen, den ein heiliger Florian zierte – dem Feuer zur Wehr, dem Nächsten zur Ehr –, stand schon da. Die Frösche im Teich quakten, die einzigen, die wahren Grund zur Furcht hatten. Nach jedem Einsatz hüpften sie massenweise auf der Straße, bis sie, einer nach dem

anderen, papierplatt gefahren waren und getrocknet. Wir standen auf der Treppe vor dem Haus, von allen Tieren hatte ich den Fuchs genommen, der neu war und Funken sprühte, wenn man ihn gegen den Strich streichelte. Es war nicht warm, wir froren, ich bin mir sicher, in dieser Nacht gab es kein Feuer, das Feuer kam Jahre später, breitete sich rasch im Dachstuhl der Iddeles aus, es loderte so hoch und hell, dass der nahe Kirchturm im Licht flackerte. Die Männer verhinderten, dass das Feuer übergriff auf die anderen Häuser, der Hof brannte bis auf die Grundmauern ab, in einem der Zimmer, so erinnere ich mich richtig oder falsch, war der alte Bauer gewesen oder sein Bruder und verbrannt..
Mein Vater sagte, der alte Bauer sei wahrscheinlich umgebracht worden, seine tatsächliche Todesursache, die nicht das Feuer war, lasse sich nicht klären, ebenso wenig, ob einer den Hof in Brand gesteckt hatte. Was läge auch daran. Wo niemand ist, verlieren sich die Geschichten, die Zeugenschaft von Mauern und Balken, die vom Feuer Spuren tragen, ist eine Illusion: dass es der Materie nicht gleichgültig ist, was mit uns geschieht, aber es ist schwer daran zu glauben.

Wenn es dämmerte, weitete sich der Himmel an den Rändern aus. Die Wälder rings ums Dorf wurden zuerst dunkel, dann wurden die Schatten tiefschwarz, dann lagen die weiter entfernten Hügel, wenn man sie nicht Berge nennen will, der Katzenbuckel, der Geiersbuckel, im Schatten unserer Kuppe. Für ein paar Minuten leuchteten die Feldwege, mit Schotter lose bedeckt, hell auf. Plötzlich ragten deutlich sichtbar die Grenzsteine hervor; da sie braunrot waren, dachten wir oft, es wären Hasen. Füchse sahen wir nie, obwohl es Füchse gab. Dann wieder täuschten wir uns und hielten ein Reh für einen Stein, Sandstein wie in der Gegend üblich. Alles wurde größer, nicht kleiner, weitete sich, so als atme die Höhe tatsächlich im letzten Licht, während in den Tälern längst der Schatten lag, kein anderes Land, aber eines, das doch anders war.

DER JÄGER war eigentlich zu dick, um auf die Hochsitze zu klettern. Er wuchtete sich auf den Pfaden zwischen den Kornfeldern zu den Leitern hin, hing wie ein Sack daran, dann raffte er sich auf, riss sich zusammen, wurde schmaler, kletterte geschickt hinauf, wand sich durch den Einstieg und saß, wieder schwer und ungeschlacht geworden, auf der Holzbank aus dünnen Fichtenstämmen.

Wenn wir ihn trafen, mahnte er uns, wir sollten nicht im Wald lärmen, nichts Grünes oder Beiges tragen, sollten immer ein buntes Tuch umhaben oder eine rote Jacke, damit er uns nicht versehentlich erschieße – er hob warnend die Hand; wir machten uns schnell davon.

Nachts lauschten wir, ob wir ihn schießen hörten, spähten in der Dämmerung nach ihm, standen früh auf, um ihn zu sehen, wenn er heimkehrte, mit einem Hirsch über den Schultern, so stellten wir uns das vor, oder mit einem anderen Tier, das wir nicht kannten, denn es musste mehr Tiere geben, als was wir wussten, wir hörten Geräusche ohne Namen, sahen in großen Sprüngen über den Kornfeldern schweben, was kein Reh sein konnte, kein Hirsch. Im Kofferraum brachte der Jäger uns einmal ein Reh, er bot es meiner Großmutter an zum Geschenk. Immer haben alle meine Großmutter verehrt. An Märchen glaubten wir nicht. Vom Fleisch wollten wir nicht essen. Aber mein Großvater zwang uns, einen Bissen zu probieren.

Vor den Gewittern kamen in diesem Sommer die Fledermäuse. Sie schossen unterm Dach hervor, flogen zum Wald, auch an den Hochsitzen sahen wir sie, die Nächte waren dunkler als je zuvor, mein Bruder Frederik sagte, dass er etwas gesehen habe, wir wussten nicht, ob er schlafwandelte, Simon lauerte ihm auf, und nichts geschah.

Am Tag gingen wir in den Wald und spielten Brüderchen und Schwesterchen, Frederik war das Reh, ich schlang ein rotes Band um seinen Hals, führte ihn spazieren. Das Laub war dichter als in anderen Jahren. Der Wald war dunkler. Das rote Band war noch von Weihnachten. Ich führte ihn jeden Tag spazieren, aus dem Dorf hinaus, über die Felder und in den Wald, wir sangen alle Lieder, die wir kannten, wir mühten uns, nicht einen Zweig knacken zu lassen, am Echo schlichen wir stumm vorbei,

riefen keinen Namen, wir lauschten nur, einmal trafen wir meine Großmutter im Unterholz, sie sammelte Blaubeeren, hörte uns, rief mutig: Wer ist da?, doch als sie um meines Bruders Hals die rote Spur leuchten sah, wurde sie blass. Was tut ihr euch an! Dann musste sie lachen. Blass war sie doch. Wir setzten uns zu dritt ins Moos und aßen alle Beeren, die sie gesammelt hatte, nach Hause durfte sie Brüderchen am roten Band führen.
Den Jäger trafen wir ein andermal. Er hatte seinen Hund im Auto eingesperrt, wir hatten ihn bellen gehört, es war ein Rauhaardackel, das Auto war grün, der Hund schlief tief, der Jäger rief uns. Er kam hinter uns des Wegs, die Flinte trug er in der Hand, ich erschrak, als hätte ich immer gewusst, dass er kommen würde, als hätte ich nur darum Frederik am Band. Ich reichte es dem Jäger, drehte mich um und ging davon, alleine. Schwesterchen ließ Brüderchen im Stich. Und der Jäger, der fette Kerl, führte das Brüderchen wie belämmert durch den Wald, und Frederik machte sich seinen eigene Spaß, spielte das hüpfende, bellende Reh, rieb das Köpfchen an der grünen Jacke, der Jäger führte ihn zum Waldrand, band ihn fest, da stand Frederik wie benommen, bis ich kam, das Band löste. Ich habe ihn an der Hand genommen. Streichele mich, sagte mein Bruder. Gib' mir zu trinken, sonst werde ich ein Wolf.
Er schaute mich mit starren Augen an, da sah ich, dass er die Augen meiner Großmutter hatte, fast schwarze Augen, während wir anderen blauäugig waren, ich streichelte ihn, wie er es mir befohlen hatte, und plötzlich hob er meine Hand zu seinem Mund und biss hinein.
Die folgenden Tage waren einsam. Simon las. Frederik saß bei meiner Großmutter, nach mir rief sie nicht. Ich

ging alleine in den Wald, kletterte auf die Hochsitze, saß, den Po eingezwängt zwischen zwei Sprossen, auf der Leiter am Waldrand, wo man die ganze Straße zu den Drei Seen überblicken kann. Einmal sah ich Frederik mit unserer Großmutter spazieren gehen, vielleicht übte er auch Rollschuhfahren, er sah klein und komisch aus, aus der Ferne.

Gegen Abend hörte ich jemanden schnaufen, das war der Jäger. Er entdeckte mich, blieb stehen, schaute zu mir hinauf, als müsse er nachdenken, dann sagte er: Komm, wir gehen auf die Pirsch. Er drehte sich um und ging voran, ich zögerte, dann kletterte ich schnell von der Leiter und rannte ihm hinterher. Wir liefen einen überwachsenen Pfad entlang, Farnkraut hatte ihn überwuchert, dann kamen Felsen, wo es steil war, hielt er mir den Stecken hin, den er bei sich trug, damit ich mich festhalten konnte, das Farnkraut war so groß wie ich, ich fürchtete, ihn zu verlieren.

Schließlich öffnete sich der Wald, das Grün wurde hell, wir kamen auf eine Lichtung, Birken wuchsen dort, ein paar Fichtenstämme lagen übereinander gestapelt, der Jäger setzte sich und machte mir ein Zeichen, ich solle leise sein, stumm setzte ich mich neben ihn, er war sehr groß und roch nach Schweiß. Jetzt sah ich erst das Gewehr.

Ich bin wohl eingeschlafen. Als ich aufwachte, spielten nicht weit vor uns in der Dämmerung drei Fuchsjunge, tobten durcheinander, kullerten übereinander, die Fuchsmutter lag etwas weiter weg und schaute zu, anscheinend hatte sie uns nicht entdeckt, sie lag ganz ruhig und schaute ihren Jungen zu wie wir. Der Jäger nahm sein Gewehr.

Und ich erinnere mich an nichts. Es ist, als wäre ich ohnmächtig geworden. Nur, dass ich ihn gebissen habe, weiß ich noch, und dass ich glaubte, er blute aus einer Wunde. Nach Hause hat er mich Huckepack getragen.
Frederik schlief schon. Auf dem Esstisch stand ein Glas Apfelsaft, daneben lag auf einem Teller ein Butterbrot. Vielleicht saß meine Großmutter bei mir am Tisch. Ins Bett hat sie mich aber nicht gebracht, denn am nächsten Morgen wachte ich in meinen Kleidern auf.
Der Jäger war trotzdem ab da mein Freund. Wir winkten uns zu, wenn wir uns sahen. Dann war er fort. Mein Vater erzählte, er habe sich im Wald aufgehängt. Der neue Jäger war groß und sehr dünn, er nahm Simon und Frederik mit, mich nicht, weil ich ein Mädchen war.

Was meinem Bruder Simon durch den Kopf ging, als er starb, weiß ich nicht, obwohl ich bei ihm saß, er sprach ohne Trübung bis zum Schluss, und doch war rätselhaft, was er sagte, es gehörte nicht mehr zu der Welt, die wir gemeinsam bewohnt hatten, obwohl er an die Orte unserer Kindheit zurückkehrte, in unser Stadthaus ebenso wie ins Dorf, und nur, weil ich jeden Schritt kannte: die Hasen in ihrem Drahtkäfig und die Scheune, in deren hinterem Teil eine große Box für die Kälbchen war, die allabendlich frisches Stroh aufgeschüttet bekamen –, nur weil ich all das wusste, konnte ich ihm folgen. Es war, als müsse sich jeden Augenblick unvermutet unter unseren Füßen die Klappe auftun, er würde, da er mir einen

Schritt voraus war, hindurchstürzen, erschrocken erst, dann aber doch lachend, denn er landete auf dem Stallgang, auf einem Haufen Heu, bestaunt von den großen, ruhigen Köpfen der Kühe.
Es gab, da der Tod seinen organisatorischen Aufwand hat und ich die einzige Angehörige war (Frederik kam nicht aus Amerika), keine Gelegenheit, vor der Beerdigung ins Dorf zu fahren. Ich traf gemeinsam mit dem Sarg ein. Aus mir unerfindlichen Gründen hatte sich Simon die letzten Jahre derart zurückgezogen, dass ich zwar Berge von Post erhielt, es kam aber keiner von seinen Freunden; wäre nicht das halbe Dorf in der Kirche gewesen und hätte dann den Zug mit zur Kapelle und zum Friedhof begleitet, wäre es eine einsame Beerdigung geworden, was ein schiefes Licht auf Simons Leben geworfen hätte.
Wen schert es, wenn es doch keiner sieht?, könnte man sagen.
Aber mich hätte es bedrückt, wie ein verlassenes Sterben mich bedrückt hätte.

Zwischen den Dörfern kann man die Straße nehmen oder den kürzeren Weg gehen, zu Fuß ist es immer kürzer, schneller natürlich nicht, wenn es drei oder vier Kilometer über Land geht, im Wald sind aber die alten Wege, zur Kirche in den Nachbarort oder auch zur Mühle, so kurz und steil, dass man dem Auto nicht viel hinterher ist. Im Nachbarort war früher die Hebamme, mit der Kutsche oder eben zu Fuß wurde sie geholt, wenn es Zeit war. Jetzt kommt der Arzt, macht Hausbesuche, weiß zur Not, wo der Schlüssel ist. Zur Geburt gehen die Frauen nach Tauberbischofsheim oder Miltenberg oder Würzburg.
Die jungen Männer und Frauen aus den Dörfern haben sich, wenn nur der Schnee geschmolzen war, bei den Gottesdiensten treffen können, bei Hochzeiten oder Taufen oder Geburtstagen, man musste Gelegenheit finden, ich weiß nicht, ob Briefe gewechselt wurden, einen Briefkasten gibt es, sogar in dem benachbarten Weiler, der nicht einmal eine asphaltierte Straße hat, gibt es am Jagdhaus einen Briefkasten, und jeden Tag kommt der Postbote. Die Hausnummern in unserem Dorf haben sich mehrmals geändert, wir waren früher die Nummer 35, jetzt sind wir die 7, und früher gab es auch Hausnummern wie 25⅓.

IN EINEM JAHR hingen an allen Wegen rote Schilder, darauf stand es zu lesen. Die Tiere im Wald hatten die Tollwut. Sie kamen, wusste Simon, immer näher, mit Schaum vorm Maul und wilden Augen. Wenn sie einen bissen, wurde man verrückt und starb elendig, sagte er und dass wir die kranken Tiere fangen müssten, in einer Falle, wie im Dschungel. Auf einem Wildwechsel, den Simon ausgespäht hatte, wollten wir eine Grube graben, von Geäst und Blattwerk verdeckt. Dann würden wir das Tier mit Pfeil und Bogen töten. Wortkarg kamen wir zum Essen.

Zum Graben brauchten wir die Spaten meines Vaters, sie hingen im Gartenkeller an der Wand, einer neben dem anderen, Schaufeln gab es, Harken, Hacken und Rechen.

Wir durften sie nur mit Erlaubnis ausleihen. Wir durften sie keinesfalls aus unserem Garten forttragen. Wir durften, sagte Vater, nicht damit spielen und Unfug machen. Er wachte darüber mit Argusaugen; als wäre er verwachsen mit seinem Gartengerät, spürte er, dass Frederik, der mit Simon gewettet hatte, unbemerkt zwei Spaten wegtragen zu können, die Grenze unseres Gartens hinter den großen Tannen überqueren wollte. Vater öffnete das Fenster, er machte sich nicht einmal die Mühe, mehr zu rufen als die Namen meiner Brüder.

Die Schaufeln und Spaten brauchten wir trotzdem.

Dann, als wir schon verzweifelten, wurde Vater dringend in seine Praxis in die Stadt gerufen.

Frederik behauptete, er habe einen Brief geschrieben. Was für einen Brief?, wollte Simon wissen. Einen Brief, sagte Frederik, der Vater in die Stadt rief.

Wir glaubten ihm nicht. Frederik hatte schon zu oft gelogen.

Es gibt Leute, die den Tod anlügen. Der Tod lügt sie aber ebenso an, deswegen hat Frederik, Jahre später, nicht begriffen, dass Simon wirklich stirbt.

Allerdings konnte von uns keiner so gut schreiben wie Frederik. Er schrieb fehlerlos, er ahmte die Handschriften der Erwachsenen nach; die Einkaufslisten meiner Mutter schrieb er um, ohne dass sie es merkte, bis ihre Hand, die sich im Laden schon ausgestreckt hatte nach etwas, das Frederik gerne aß, plötzlich zögerte, und Mutter seinen Blick suchte, der unschuldig war.
Vielleicht hatte er wirklich meinem Vater einen Brief geschrieben, der ihn bewog, in der Praxis nach dem Rechten zu sehen, ich weiß noch, dass Vater verärgert zurückkam. Frederik hat nie eine seiner Geschichten aufgedeckt und nie etwas widerrufen. Er wiederholte, was er erzählt hatte, er erinnerte sich an nichts anderes, selbst, wenn er gewollt hätte, hätte er wohl nichts anderes zu sagen gewusst.
So behielt er recht.
Mein Vater fuhr jedenfalls in die Stadt. Spaten und Schaufeln blieben unbeaufsichtigt.
Simon ging kein Risiko ein, er schlich nachts hinunter, stellte zwei Spaten und eine Schaufel, eine Hacke dazu in den Kellerabgang. Am nächsten Morgen sagten wir, wir wollten am Waldrand picknicken, und meine Mutter – vielleicht froh, nicht kochen zu müssen – schmierte uns Brote, gab uns gekochte Eier mit und eine große Flasche Himbeersaft und Äpfel und Kekse. Ich erinnere mich an die alten Tri-Top-Flaschen genau, an die weißen Deckel und wie der Flaschenhals immer klebte.
Mit den Spaten stahlen wir uns davon, beschämt von dem großzügigen Picknick, wir luden alles auf den Leiterwagen, nahmen den Feldweg hinterm Haus, umgingen das Dorf, es war ein trockener Sommer, kaum ein Vogel war zu hören, wir wussten nicht, ob die Vögel

auch krank waren, an jedem größeren Weg waren die roten Schilder angebracht: Achtung! Tollwut!
Zehn Meter von dem Wildwechsel entfernt lagerten wir an einem Holzstapel, aßen nicht und tranken nicht, fingen gleich an zu graben, die Erde war hart, die Wurzeln liefen knapp unter der Oberfläche, wir trafen auf Steine, die Hacke klang hell und weit, wir fürchteten entdeckt zu werden, ein Mal sahen wir das Auto des Jägers auf der Straße vorbeifahren.
Der Mittag kam. Wir wechselten uns ab. Wir aßen, was Mutter uns mitgegeben hatte, wir tranken und hatten noch immer Durst. Frederiks Hose zerriss am Knie.
Erst war es nur eine flache Ausbuchtung, dann wurde es eine Grube, eine flache Grube, dann eine tiefe, Simon schaufelte die Erde hinaus, die Steine häuften wir hinter dem Holzstapel auf, Simon verschwand zur Hälfte, Frederik und ich schleppten Äste herbei und schnitten mit unseren Taschenmessern Zweige, um das Loch zu tarnen, Frederik schnitzte kleine Speere, die er in den Boden der Falle rammen wollte, damit sie das Tier töteten, wenn es hineinstürzte.
Die Erde häufte sich neben dem Loch.
Unsere Gesichter waren dreckig. Längst war es Nachmittag.
Wir saßen matt auf einem Holzstamm.
Wir fühlten, nichts war getan.
Im Wald raschelte es, vielleicht flog nur eine Taube auf. Wir dösten, trotz unserer Angst. Als Frederik mich am Arm zog, öffnete ich die Augen und sah, Simon war weg. Er war nicht in der Grube. Er war nicht hinterm Holz.
Im Wald raschelte es noch immer. Das konnte keine Taube sein. Es hatte Beine, bahnte sich durch das Ge-

sträuch seinen Weg, wir kletterten auf den Holzstapel, es kam näher, dann war es laut, wir sahen nichts, weil wir die Augen schlossen. Frederik nahm meine Hand. Es wurde wieder leise. Das Knacken und Rascheln entfernte sich. Ein Vogel rief, rief noch einmal. Dann war es still. Frederiks Hand war kalt.

Vielleicht war nicht so viel Zeit vergangen, bis wir ihn hörten, ganz leise seine Stimme, nur ein Murmeln, es hätte auch der Wind sein können, als wir uns näher schlichen, sahen wir ihn auf einen Stein gekauert, so als gehöre er nicht zu uns. Frederik rief, komm weg! Ich zog ihn näher. Simon weinte. Er hob dann aber das Gesicht, mit einem fremden Erstaunen, an das ich mich erinnere, weil ich es später wieder sah, als er erfuhr, dass er sterben werde an seiner Krankheit, er wusste es ja längst, er war auch nicht beleidigt, und einen Schrecken gab es auch nicht mehr.

Frederik stampfte wütend mit dem Fuß, da richtete sich Simon auf, sagte kalt, du vertreibst die Tiere noch. Wir schwiegen alle drei, dann sah ich, über unsere Falle hatte Simon noch einmal frisches Grün gebreitet, er hatte mit seinem Taschenmesser Zweige einer Vogelweide abgeschnitten, einer lag noch da, für Frederik, sagte Simon, er hatte in der Tasche ein Stück Schnur, kerbte die Enden des Stocks, spannte die Schnur, dass es ein Bogen war, wir holten ebenfalls unsere Messer, suchten nach Stöcken für die Pfeile. Simon sah mich prüfend an, ob ich wohl auch um einen Bogen bat, ich schwieg aber, so schnitt er mir aus Eigenem einen dünnen Zweig, ebenso geschmeidig wie der, den er für Frederik gefunden hatte.

Du darfst ihn nicht bitten, sagte mir Frederik jedes Mal, wenn ich von Simon etwas haben wollte, du darfst ihn nie bitten, sonst gibt er dir nichts.

Aus den Augenwinkeln beobachtete er Simon, dessen Gesicht noch immer grau war und abwesend.
Was für ein Tier war es?, fragte Frederik.
Simon schaute auf.
Ein Wolf?, fragte Frederik. Ein Eber?
Es war groß, sagte Simon, es hat mich angeschaut, bevor es weggelaufen ist. Er verstummte. Dann sagte er, ich will es nicht wiedersehen.
Frederik drehte sich zu mir. Es war spät geworden. Wir nahmen stumm die Pfeile, unsere Messer, packten die Bogen auf den Leiterwagen, die leere Flasche.
Ich habe Durst, jammerte Simon.
Frederik zog den Wagen. Die Spaten und die Hacke lagen obenauf.
Mutter war in ihrem Zimmer, wir trugen alles in den Keller.
Und wenn morgen ein Tier da ist?, fragte Simon. Wenn es in der Falle ist?
In der Nacht muss Frederik sich aus dem Haus geschlichen haben. Aber bis in den Wald traute er sich auch nicht, er kehrte um. Er war sich sicher, es werde ihm gelingen, ein Tier zu fangen, er wollte sehen, ob es Schaum vorm Maul haben, ob es mit glühenden, wahnsinnigen Augen heraufstarren würde.
Am nächsten Morgen zog er mich an der Hand zwischen die großen Tannen. Wir müssen etwas tun!, sagte er mir. Meine Mutter war im Garten, Frederik flüsterte so leise, dass ich ihn kaum hören konnte.
Wir müssen den Tod fangen!
Wir wollen doch ein Tier fangen, sagte ich.
Ein Tier mit Tollwut, verbesserte mich Frederik. Ein Tier mit Tollwut, das ist der Tod. Er schwieg einen Augen-

blick. Dann sagte er leise: Und wenn es Simon schon gebissen hat?
Wo seid ihr?, rief Simon. Er kam in den Garten, suchte uns. Sein Gesicht sah anders aus als sonst.
Dann ging er zum Leiterwagen, holte Pfeil und Bogen und lief davon.
Frederik hielt mich mit der Hand zurück, als ich ihm nachwollte.
Es war, als wäre er plötzlich der Älteste von uns.
Mutter kam und fragte, wo Simon hingelaufen sei. Er kommt heute Abend wieder, sagte Frederik. Mit einem müden Seufzen nahm sie es hin.
Erst Vater bestand darauf zu erfahren, wo Simon sei, er schimpfte, als ihm keiner Antwort geben konnte; am späten Nachmittag war er aus der Stadt zurückgekommen, müde, verärgert, sagte nicht warum, meine Mutter schalt er aus, als wäre sie ein Kind, mit Frederik und mir redete er nicht, als hätten wir uns schuldig gemacht.
Und wenn ihm etwas passiert ist, sagte Mutter leise, als Vater losgelaufen war, um Simon zu suchen. Sie schaute uns an, ich spürte, wie Frederik schauderte.
Als nach zwei Stunden die beiden noch immer nicht zu Hause waren, verschwand Frederik aus dem Garten. Mutter hielt mich fest und sagte: Du bleibst bei mir, sonst sind wir ganz alleine.
Dann war es Abend.
Wir saßen draußen. Ein fremder Vogel sang, vielleicht auch eine Amsel. Die Melkmaschinen fingen an zu summen und verstummten wieder. Es dämmerte.
Jetzt ist es spät, sagte meine Mutter. Vom Waldrand hinter der Wiese löste sich etwas, ein brauner Fleck; ein Hase, sagte meine Mutter, nein, ein Fuchs, sagte ich. Der

Fuchs schnürte auf uns zu, schaute nicht rechts und links dabei. Was ist das für ein Tier?, wunderte sich Mutter. Ich hielt ihre Hand umklammert.
Es wurde schon dunkel. Als endlich Vater und Frederik und Simon wieder da waren und wir uns um den Tisch zum Essen setzten, erzählte Mutter von dem Fuchs, den wir gesehen hatten. Er kam immer näher, sagte sie verwundert, er lief direkt auf uns zu.
Meine Brüder starrten mich an. Morgen geht ihr nicht in den Wald, sagte Vater streng, vielleicht gibt es dort kranke Tiere.
Den restlichen Sommer stritten wir uns.
Wir stritten uns so sehr, dass meine Mutter die Geduld verlor und Simon, den streitsüchtigsten, mit Vater eine Woche vor Schulbeginn in die Stadt zurückschickte. Ich weiß nicht, was mit ihm los ist, sagte sie, als wir abends zu dritt am Tisch saßen.
Er hat Tollwut, sagte Frederik. Er hat Schaum vorm Mund und ist wahnsinnig geworden.
Unfug, sagte Mutter. Ich hätte dich auch mitschicken sollen. Sie schaute ihn unwillig an.
Anderntags fanden wir im Garten einen toten Vogel, eine Taube, der Kopf war ihr abgerissen worden. Frederik suchte den ganzen Vormittag nach dem Kopf, aber er fand ihn nicht. Nach dem Mittagessen war der Kadaver auch verschwunden.
Im Jahr darauf fehlten die roten Schilder an den Bäumen.

Meine Eltern und Großeltern blieben fremd. Wir drei Geschwister gerieten umso mehr ins Dorf hinein, kannten die meisten Höfe, gingen mit den Bauern aufs Feld, und hatten wir den halben Tag gearbeitet, aßen wir, wo wir mitgeholfen hatten, bevor wir in den Stall gingen, das Vieh zu versorgen.
Wir kannten auch den Wald, in dem wir Hütten bauten und unsere Spiele spielten, auf dem Dorf ging alles langsamer, wir fanden, was wir nur aus dem Gerede der Erwachsenen kannten, die letzten Spuren des Krieges.

Die drei Milchfahrer wechseln sich alle zwölf Stunden ab, ins Dorf kommen sie gegen zehn oder elf Uhr nachts, die Bauern erkennen an der Fahrweise, welcher es ist. Wer fährt, fährt den ganzen Tag durch oder die ganze Nacht, von sieben bis sieben Uhr. Im Dunkeln wirken die Tankwagen wie riesige Schiffe, an die silbrigen Kessel werden Schläuche angelegt, die Milch wird abgesaugt, dann fährt der Tankwagen zum nächsten Stall, ins nächste Dorf. Ist das Motorengeräusch verklungen, beginnt der Kessel in der Milchküche sich selber zu reinigen, spült sich, es gluckert, als wäre plötzlich eine Quelle entsprungen, das milchige Wasser läuft plätschernd als Bächlein in die Wiese.

EIN JUNGE war so alt wie ich, er war so groß wie ich, er hatte stumpfe Haare und kam aus einem billig gebauten Haus am Dorfausgang, seinen Namen hatte ich Jahre lang vergessen. Ein unangenehmer Kerl, sagte meine Mutter, die selten etwas sagte, wenn wir Spielgefährten ins Haus brachten, kein Ohr hatte für unsere Klagen über Freunde, über Freunde klagt man nicht, sagte sie. Meine Großmutter tröstete uns, wenn ein Kummer allzu bitter war, sie nahm uns auf den Schoß, auch als wir längst zu groß dafür waren, sie steckte uns Schokolade zu, nickte, hörte nicht zu, denn sie teilte die Auffassung meiner Mutter, aber sie nickte.
Der Junge war nicht böse. Wahrscheinlich war er dumm, er hatte einen Hund bei sich, schlug seinen Hund, na

komm schon!, rief er mir zu, oder hast du Angst? Ich hatte Angst, aber oft wollten meine Brüder mich nicht mitspielen lassen, mein Großvater hatte Besuch, mein Vater war in der Stadt, meine Mutter arbeitete, meine Großmutter kochte oder saß mit Frederik im Garten, las ihm vor, Frederik ließ sich vorlesen, ich nicht. Ich las selber meine Bücher. Ich las nicht gerne. Ich las nachts mit der Taschenlampe. Wenn meine Brüder nicht mit mir spielten, hatte ich niemanden. Der Junge hieß wohl Holger, das ist mir wieder eingefallen. Früher als ich besaß er ein Fahrrad. Vor mir besaß er Pfeil und Bogen. Er konnte Handstand. Manchmal schlich er zu Iddeles, den Dorfdeppen auf dem großen Gehöft, das später abbrannte, spionierte ihnen hinterher. In den verfallenen Ställen hielten sie noch Tiere, Schweine und ein paar Kühe hatten sie und Hasen, der Hof war voller Hühner, die Hühner kamen in die Küche, die Iddeles hatten Holger den Hund geschenkt. Der Hund hörte auf ihn. Ich wollte, dass er auch auf mich höre, er hieß Fritz. War Holger in der Schule, kam Fritz zu mir. Er ging mit mir durchs Dorf, ein glatter, brauner Hund mit klugen Augen. Hüpfen konnte er, wenn ich ihm einen Stock hochhielt, er hüpfte auf zwei Beinen, als wolle er doch etwas für mich tun, er folgte mir nicht, mir nicht. Manchmal war Holger freundlich, sogar wenn er mich anrempelte, mit dumpfer Anzüglichkeit, die ich besser verstand als er, der den Alten nackt gesehen hatte, mit bloßem Geschlecht, schlafend, und die Alte lief manchmal halbnackt über den Hof, behauptete Holger, ich habe es nie mit eigenen Augen gesehen. Ich konnte es mir auch nicht vorstellen, aber das wusste ich schon, dass man sich nichts vorstellen kann, dass man von den Leuten nichts weiß, vielleicht von niemandem, bestimmt nicht von meinem Großvater, am Ende nicht einmal von meiner Großmutter.

Holger nahm mich zu den anderen Höfen mit, zu denen, wo wir die Leute nicht kannten, zu denen, die wir nie sahen, weil sie nicht auf die Straße gingen, jedenfalls nicht an den Wochenenden oder nicht im Sommer oder nicht während der Ferien, die unsere Ferien waren. Es gab mehr Leute im Dorf, als wir ahnten. Sie lebten in kleinen Kammern unterm Dach. Arme Verwandte, die nichts hatten. Sie durften bleiben, weil es nicht gut ging, sie wegzuschicken. Sie blieben, weil ihnen nicht einfiel, wohin sie gehen könnten.

Auf dem Hof von Iddeles lag alles durcheinander. Die Kühe kamen aus dem Stall, die Schweine liefen ins Wohnzimmer, die Hühner nisteten auf dem Traktor, die Hasen hatten einen Gang gegraben zum Gemüsegarten, da wuchsen Salatköpfe und Melonen, Holger zeigte sie mir, echte Melonen, wie sie sonst nie in der Kälte wuchsen, aber in diesem Garten doch, als müsste gerade hier das Unmögliche wirklich sein, alles gedieh, alles ging am Ende zu Grunde, als der Hof abbrannte bis auf die Mauern, und es gab im Dorf Stimmen, die sagten, es sei Holger gewesen, Holger, der eigentlich unehelich von den Iddeles stammte, von seinen vorgeblichen Eltern statt eines eigenen gestorbenen Kindes angenommen, wir wussten davon nichts, ich fürchtete mich nur manchmal, ihn an unserem Garten stehen zu sehen, wartend, wann ich zu ihm käme, er zog mich am Haar, verhöhnte mich, wenn mir die Tränen kamen, meinen Eltern sagte er nie guten Tag, seine Verachtung tat mir weh.

Nur um meine Großmutter schlich er herum, versuchte sie zu grüßen, pflückte ein paar Mal sogar für sie Blumen, sie sah ihn aber nicht, sie hatte für ihn keinen Blick, fragte auch nicht nach, wenn sie mich mit ihm spielen sah, wollte auch nichts davon wissen, von dem Hund schon gar nicht, und viel später, als sie gestorben und beerdigt war, fand ich manchmal einen Blumenstrauß auf ihrem Grab, im Wald oder auf den Wiesen gepflückt. Irgendwann hatte Holger mich aufgegeben, hatte mir an die winzigen Brüste gefasst, dazu gegrinst, dann war er weggeblieben. Von fern sah ich ihn eine Weile noch, er hatte ein Rennrad, Simon behauptete, es sei gestohlen, wie ein dicker Affe hockte er darauf, aber einholen konnten wir ihn mit unseren alten Fahrrädern nicht, und im Dorf erzählte man, er habe schon, obwohl er doch erst vierzehn war, eine Freundin im Nachbardorf geschwängert.

Vor dem Treppenabgang zum Keller gruselte ich mich, es war moosig und feucht, allerlei Insekten flogen herum, die Stufen waren glitschig, unten wohnten Kröten. Alle paar Monate wurde eines von uns drei Kindern abgestellt, die Treppe zu kehren, unten den Zugang zur Tür sauber zu machen, es gab einen großen Straßenbesen, dazu Kehrschaufel und kleinen Besen, einen Blecheimer; erst als wir größer waren, durften wir von den Gartenhandschuhen ein Paar nehmen, in die man hineinfuhr wie in etwas Unbekanntes, es konnte gut ein Ohrwurm oder eine Spinne oder Kellerassel darinnen sein, lebendig oder tot. Die Handschuhe waren eine Hilfe, aber keine Gewissheit gegen den Ekel.

Im Nachbartal gibt es zwei Mühlen, in keiner wird mehr gemahlen. Die zweite liegt fast im Wald, die erste hinten im Tal, unterhalb unseres Wasserhäuschens, es gab einen direkten Weg durch den Wald, stellenweise kann man noch erkennen, es war ein Fahrweg, dann wieder ist er unpassierbar, man muss direkt durch den Wald bergab steigen. Erst hatte ich den Weg nicht mehr beschreiben, dann nicht mehr gehen können, das Gedächtnis ist manchmal flüchtiger als das schiere Wissen der Füße.
Wir fahren inzwischen oft mit dem Auto hinunter ins Nachbardorf und laufen das Tal entlang.
Der Hof, die frühere Mühle, liegt in einer Senke am Bach. Es gibt unweit eine Quelle, aus der der Bauer das Trinkwasser holt.
Die Kühe stehen im Stall. Im Sommer sind in kleinen offenen Boxen die Kälbchen im Hof. Es gibt Katzen und Kaninchen. Der Sohn hält in einem Bauwagen Hühner, auch Perlhühner, manchmal holt der Habicht eins.
Auf der anderen Seite der schmalen, kaum befahrenen Straße steht, etwas den Hang hinauf gesetzt und von einem kleinen Blumengarten umgeben, eine Kapelle. Die Glocke wird mit einem Seil abends um sechs geläutet. Ob sie auch morgens geläutet wird, weiß ich nicht, weil ich morgens noch nie dort war.
Ich kenne den Ort gut, aber nur im Nachmittags- und Abendlicht.

Das letzte Haus war lange leer gewesen, die Besitzer wurden s'Eckes genannt, obwohl da keine Ecke war, die Straße lief schnurgerade zum Wald, zum nächsten Dorf. Die Bauern, Mann und Frau waren beide dünn, sie starben kurz hintereinander. Wir hatten sie gemocht. Ich weiß nicht, wie ihr richtiger Name lautete, ich müsste ihr Grab auf dem Friedhof suchen oder jemanden aus dem Dorf fragen. Jetzt ist das Haus wieder bewohnt, der frühere Blumengarten ist weg. Auf dem Rasen steht eine Schaukel, ein Kind habe ich aber dort noch nie gesehen.

IM DORF gibt es keine Geschichten, hier findest du nichts, sagte Frau Scholz mir letztes Jahr, als ich eine Woche alleine dort war, um zu schreiben; es klang abweisend, als hätte ich sie aufgefordert, mir etwas zu erzählen, etwas, das ich nicht wusste.

Ich will keine Geschichten über Sie schreiben, sagte ich. Leute auf dem Dorf sind oft misstrauisch. Sie schwieg und stand weiter schweigend da, so konnte ich nicht gehen, und mir fiel ihr Mann ein, vor dem ich immer Angst gehabt hatte, weil er groß war, größer als mein Vater, und weil er etwas im Kopf hatte, sagte Vater, vielleicht nur wegen des Buches, groß und in Leder gebunden, das Scholz immer unterm Arm trug, der große Scholz nannte mein Großvater ihn oder boshafter noch: der Herr Rittmeister, weil Scholz sich lächerlich gemacht hatte mit einem Pferd. Meine Eltern hatten davon gesprochen, im Dorf hatten sie davon gesprochen. Ein

Pferd. Auf dem kleinen Hof war nie eines gewesen, das wusste ich. Nur viele Katzen, natürlich Hühner, Scholz war eine Art Förster gewesen, so wurde er auch genannt, und was er eigentlich machte, womit er das Geld verdiente, brachte vielleicht niemand in Erfahrung, mein Großvater war argwöhnisch, vielleicht weil Scholz meine Großmutter verehrte, mehr noch als alle anderen, und meine Großmutter ihn, der ein paar Jahre jünger war, ins Haus ließ, er half ihr mit den Blumen und schweren Blumentöpfen, dafür bezahlte sie ihn; mit welchem Geld, das wiederum wollte mein Bruder Simon gerne wissen, er fand es aber nicht heraus.
Ich habe gar nichts fragen wollen, sagte ich, aber Frau Scholz schaute mich abwägend an und fragte dann: Weißt du, wie das mit dem Pferd war?
Ich schüttelte den Kopf. In ihrem Flur hatte ich einmal ein Foto gesehen, das zeigte ihren Mann mit einem Pferd, in Farbe, es war ein braunes Tier mit einem feinen Kopf.
Eine Stute war das, sagte sie, er hätte damit Rennen reiten können oder zur Jagd gehen, du weißt schon, mit dem Fürsten, so haben sie jedenfalls gesagt, das Pferd hätte dafür getaugt.
Hat er sie verkauft?, fragte ich.
Sie musterte mich.
Liebschaften gibt es auch im Dorf, sagte sie dann.
Ich habe mich nicht getraut zu fragen, wie er das Pferd gekauft hatte, Frau Scholz fragte ich nicht, aber einen der anderen Nachbarn, der auf dem Trecker vorbeikam und abstieg, als er mich im Garten sah; er ließ den Motor laufen, während wir plauderten, wir hatten uns lange nicht gesehen, und ich wusste auch nicht genau, von welchem Hof er kam.

Erinnerst du dich an den Scholz?, fragte er.
Ich weiß nichts über ihn, antwortete ich, da nickte er und sagte, das ist eine Geschichte, sage ich dir! Ich habe ihn nämlich damals ertappt.
Wieso ertappt?
Weil er durch den Wald geritten ist, während wir alle dachten, er arbeitet, er hat behauptet, in Miltenberg würde er arbeiten, mit langen Anfahrten, er hatte einen kleinen blauen Opel Corsa, als einziger im Dorf hatte er einen Opel.
Und was hat er gemacht?
Ein Pferd hat er gekauft. Wir dachten, er hat ein Mädchen, dabei hat er ein Pferd gekauft.
Der Bauer grinste mich an, dann schaute er plötzlich zu seinem Trecker, verabschiedete sich kurz und stieg wieder auf.
Ja aber …!, rief ich ihm nach. Im Lärm war das nicht zu hören. Überhaupt ist es oft laut auf dem Land. Was einer hören kann und hören will, ist nicht leicht zu unterscheiden.
Im Garten, an der Terrasse, ein paar Quadratmeter, mit roten Ziegelsteinen gepflastert, standen die alten, großen Blumentöpfe, die meine Großmutter gekauft hatte, für Tropentrompete und für Oleander, für Hortensien und eine riesige Agave.
Wie meine Großmutter Tiere abscheulich fand, liebte sie Pflanzen. Wie meinem Großvater Blumen missfielen, liebte er Tiere.
Bei allen Reparaturen war er hilfsbereit – aber nicht dabei, schwere Blumentöpfe und große Pflanzen zu tragen, Erde herbeizuschaffen, Gestelle zu bauen für Planen, die Nachtfröste abhielten.

Am nächsten Tag traf ich Frau Scholz mit einer Leiter, sie war in die Mirabellenbäume hinaufgestiegen, um abzuschneiden, was doch nicht mehr Frucht tragen würde. Sechsundachtzig, sagte sie stolz, als ich ihr die Leiter abnehmen wollte.
Die Leiter brauch ich dringender als du, sagte sie, ich muss ja hinauf; sie zeigte dabei auf den Himmel.
Beim Holz durfte ich aber helfen, sie hatte Scheite in den Hof fahren lassen, da lagen sie als wüster Haufen, jetzt mussten sie unterm Dach gestapelt werden.
Ihre Hände waren dünn, blutig gekratzt von den Zweigen des Mirabellenbaums, die Haut papierdünn, sie legte sie übereinander, in der Luft, als habe sie die Lehne einer Kirchenbank vor sich.
Der Scholz, sagte sie, hat das Holz nicht unterm Dach gestapelt, sondern hinter der Scheune, im Kreis.
Ich richtete mich auf, um sie anzuschauen. Es ist nicht einfach, Holz zu stapeln, wenn es zwei Meter hinaufgehen soll und über Monate stabil sein muss; sie schaute mir ein bisschen zu, dann ging sie ins Haus und kam mit einem Teller voller Kuchen zurück. Ins Haus wird man auf dem Dorf nicht leicht eingeladen.
Sie brachte mir aber ein Buch, ein imposantes Ding, in Leder gebunden, es war, was ihr Mann unterm Arm getragen hatte.
Ich nahm das Buch und schlug es auf.
Es schien eine Art Rechnungsbuch zu sein, mit Spalten und Zahlenbeispielen, ein Haushaltsbuch vielleicht, ich blätterte, ob ich eine Eintragung finden würde, die Überschriften konnte ich nicht lesen, denn die Schrift war kyrillisch. Es war ein russisches Buch.
Wir schauten uns an und lachten.

Ich habe es nie jemandem gezeigt. Es lag auf seinem Nachttisch. Er wollte immer was Besseres sein, ein Flüchtling und von früher her ein Freiherr, ein Gutsbesitzer, bloß kein Bauer, bloß nicht hier aus der Gegend.
Und woher kam er?, fragte ich.
Aus Michelstadt, und die hatten nichts. Der Hof kam von mir, und was er verkauft hat, um das Pferd zu kaufen, war meins, der Wald, die Wiesen, alles hat mir gehört, und ein Glück, dass wir nur eine Tochter haben und dass sie Lehrerin studiert hat.
Kennt sie das Buch?
Frau Scholz schüttelte den Kopf. Sie hat das große Foto von ihrem Vater auf dem Pferd, als er einmal eine Fuchsjagd mitgeritten ist, das hat sie mitgenommen, das Buch habe ich vor ihr versteckt, das findet sie erst, wenn ich tot bin.
Dann kann sie niemanden mehr fragen, sagte ich.
Was gibt's da zu fragen?
Ich wusste keine Antwort.
Wenn man eine böse Hand hat und anderen was wegnimmt, sagte sie, ist das noch lange keine Geschichte.
Sie nahm mir zwei Scheite ab. Meine Großmutter hatte jung geheiratet, wir haben uns nie vorstellen können, dass sie Großvater geliebt hat; wenn ich an sie denke, erinnere ich mich an ihren Körper, daran, wie sie sich im Bett aufrichtete, wenn ich zu ihr unter die Decke schlüpfte, wie sie schnarchte, wie sie in der Küche von ihren Händen den Teig rieb, wenn sie Knödel gemacht hatte.
Es kommt mir vor, als wären diese Bilder, Erinnerungsbilder einer längst verschwundenen Physis, wichtiger als die Geschichte, die ich hätte erfahren oder mir ausdenken können. Und wenn ich an sie denke, wie sie den

Tisch deckte, wie sie den Kopf hob, wenn wir hereinkamen, wenn meine Mutter, wenn mein Vater hereinkam, wie sie ihrem Mann zuerst auftat und um sich selbst dabei einen leeren Raum schuf, einen Raum, den keiner von uns je betrat, dann kommt es mir doch nicht unwahrscheinlich vor, dass sie gerne mit Scholz die Zeit bei den Blumen verbrachte, auf der Terrasse, die ihr alleine unterstand, weder mein Vater, der Gärtner im Haus, noch meine Mutter mischten sich ein.
Scholz war groß, dick war er nicht. Ein Hochstapler war er, aber das erfuhr meine Großmutter nicht mehr, und darüber bin ich froh. Oder sie erfuhr nur die Hälfte, nämlich die Hälfte mit dem Pferd.
Die Erinnerung gibt (in all ihrer Unzuverlässigkeit) Indizien, die eine Geschichte entstehen lassen, wo bisher alles verborgen oder ohne Geheimnis schien; in dem Fall ist es die Weise, in der Großmutter in Scholz' Opel stieg, ich sehe ihren Rock vor mir, ein Stück von ihren Unterschenkeln, ihre schwarzen Schuhe mit ein bisschen Absatz. Es war die einzige Gelegenheit, überhaupt ihre Beine zu sehen, in Strumpfhosen, aber eben kenntlich Beine, Frauenbeine, die zögerten, zu dem Mann im Auto zu steigen und es dann mit einem kleinen, ruckhaften Schwung taten. Denn die beiden fuhren zusammen nach Miltenberg, und sie kauften in der großen Gärtnerei, die abseits der Bahnlinie lag, neue Tontöpfe und Sträucher.
Ohne weiteres jedenfalls hätte Scholz sie dabei zum Reitstall mitnehmen können, nicht ahnend, wie sehr sie Tiere hasste. Und jetzt erinnere ich mich, dass irgendwann eine mokante Bemerkung gefallen ist, von meinem Vater und von meinem Großvater.

Und ich erinnere mich auch, dass einmal Frau Scholz zu uns gekommen ist, um ihren Mann abzuholen, als er bis abends bei uns geblieben war.
Tags darauf war ich auf dem Friedhof, ich hatte einen Strauß Wiesenblumen gepflückt, vor allem Margeriten, ein paar Kornblumen dazwischen; anders als sonst, legte ich den Strauß nicht auf das Grab meiner Großmutter, sondern auf Scholz' Grab.
Dass einer der Dorfbewohner unser Haus betrat, war immer selten gewesen, ich erschrak, als nachmittags das Glöckchen, das oben an unserer Haustür hängt, bimmelte und Frau Scholz aus dem Flur nach mir rief.
Wo bist du denn?, rief sie und trat in die Küche, in der Hand einen Strauß Dahlien, den sie auf den Tisch legte. Hast du dem Scholz die Blumen gebracht?, fragte sie.
Ich schwieg und nickte bloß, wagte auch nicht, mich zu entschuldigen.
Sie sagte, ich habe die Hälfte auf das Grab von deiner Oma gelegt, soll sie auch was davon haben.
Sie sah wohl, dass ich etwas wissen wollte. Warum er von mir keine Blumen kriegt?, fragte sie und schaute mir in die Augen. Dann zeigte sie auf die Dahlien. Tu sie gleich in die Vase, dann halten sie dir die ganze Woche. Sie stand schon wieder Richtung Tür. Du kannst ja kommen.
Als ich zu ihr in den Garten kam, jätete sie. Ein großes Glas Kartoffelkäfer hatte sie schon gesammelt, es hatte stark geregnet, das Unkraut wuchs allerorten, die Mohrrüben waren gut geraten, die Zwiebeln kläglich, die Rote Bete war verspätet dieses Jahr. Sie hatte in ihren Garten die alte Trommel ihrer Waschmaschine eingegraben, für das Gemüse, es hielt darin über Wochen, in den Beeten

wuchsen Ringelblumen, Eisenhut und Mädchenauge, sie hatte Phlox und alte Rosen, die Wege waren mit Mulch bedeckt, ein Birnbaum stand in der Mitte.
Sie zeigte auf eine gelbe Rose. Die war sündhaft teuer, sagte sie, die habe ich mir gekauft, als sie mir erzählt haben, wie viel Land er für das Pferd gegeben hat. Das Geld habe ich mir vom Haushaltsgeld genommen. Er hat nicht gefragt, was damit passiert ist, in den Garten kam er nicht, gefragt hat er überhaupt nicht, nur ob er zu deiner Großmutter darf, das hat er gefragt.
Und er war zu uns in seiner Lederhose gekommen; der Herr Rittmeister, sagte mein Großvater bissig, und Scholz blieb so lange, bis meine Mutter ihn zu Tisch bitten musste, weil wir essen wollten. Dann brach er doch noch auf, und mein Großvater sagte, der Herr Rittmeister hat uns doch nicht die Ehre gegeben.
Geschichten gibt es auf dem Dorf nicht, sagte Frau Scholz noch einmal. Sie nahm das Messer, schnitt eine Nacktschnecke durch. Dann nickte sie mir zu. War schon recht mit deinen Blumen.
Sie zog mir ein paar Mohrrüben aus der Erde. Wer weiß, ob es nicht das letzte Jahr ist, sagte sie.
Und das Grab?, fragte ich.
Sie schaute auf, dann machte sie mir einen Strauß zurecht mit Dahlien, Zinnien, Eisenhut. Bring ihn deiner Großmutter, dem Scholz bringe ich morgen einen.

Manchmal war alles wie erfunden, das Licht erfunden, die Häuser und Bäume, erfunden, was wir im Wald fanden, die Käfer und Ohrenkriecher an den Wänden, die Kühe, wie sie husteten nachts, die Bauern. Alles so fern und unwirklich wie der Regen, der, wenn er lange genug dauerte, anfing, auf der Haut zu brennen, und die Regenjacken trockneten nicht mehr.
Es gab Sommer, da vergaßen wir fast die Sonne, es gab Sommer, in denen wir am Fenster standen und hinausschauten, wie in Silberbändeln der Regen fiel. Und wenn nach Tagen doch die Sonne wieder schien, spürten wir die Wärme auf der Haut und betrachteten erneut, was uns gehörte, die Schaukel im Apfelbaum, die Strickleiter in der Linde, die Großvaterhütte, die längst Kinderhaus hieß.

Die alte Hainbuche ist von einem der Stürme geköpft, zwei der größten Äste sind abgerissen, der Stamm ist gesplittert. Den Rest hat man nicht gefällt, sondern notdürftig geflickt, indem man den Hauptstamm mit Stahlseilen zusammengebunden hat und sich selbst überlassen.
Nun steht da der niedere, ungeheuerlich breite Stamm, darauf eine frische, buschige Krone, lächerlich wie die eines gestürzten Königs, aber eben doch lebendig. Jedes Blatt strotzt vor Kraft, immer neue Äste schlagen aus und vervollständigen den allzu niedrig sitzenden Kopfschmuck.

KINDISCH ist weder einer von meinen Großeltern noch einer meiner Eltern geworden, sie starben alle bei Verstand, auch wenn der meines Großvaters klein und eng geworden war, zu Lebzeiten noch; sie starben – außer meinem Großvater, der sehr alt wurde – zu früh, als dass sie anders hätten verloren gehen können, vielleicht keine schlechte Sache, wenn man nicht dafür mit einem vorzeitigen Tod bezahlt wie Simon. Meine Kinder haben ihre Urgroßeltern und Großeltern nicht mehr kennengelernt. Ich fuhr aber ins Dorf, als könnte ich sie dort antreffen, nach langer Zeit, ich fuhr, damit meine Töchter den Ort kennenlernen, an dem ich ein Kind gewesen war. Meine größere Tochter war knapp zwei Jahre alt, die Kleine trug ich im Arm, wir kamen nur langsam voran, der Weg am Friedhof vorbei und zur Hainbuche war weit wie früher. Den kindischen Mann sahen wir beim ersten Mal nur von weitem, er bog in einen Feldweg ein. Wie er die

Füße setzte, war seltsam, er schaukelte, wiegte dazu den Kopf, wir konnten nichts hören, der Wind wehte aus unserer Richtung.

Im nächsten Sommer konnte Johanna gut laufen, sie rannte mit kurzen Schritten, ein halbes Rennen, ein halbes Hüpfen, sie war schnell, ich musste ihr, auf dem Dorf, nicht hinterherlaufen, sie stolperte ab und zu, aber wenn sie fiel, weinte sie nicht, stand auf, stand still, selbst wenn ihr Knie blutete, sie lief weiter.

Wer ist das? fragte Johanna, als wir ihn wieder sahen, und da ich es nicht wusste, sagte ich, das ist ein kindischer Mann. Ich schämte mich, dass ich ihn so nannte. Ein kleiner, unheimlicher Mensch. Ich hatte Angst vor ihm. Er hüpfte am Feldrand auf einen kleinen Stein und sprang herunter, hüpfte und sprang, dabei wedelte er mit seinen Armen, die kurz waren und die Hände riesig aussehen ließen.

Zwei Tage später hörten wir ihn zum ersten Mal singen, er sang ein Lied, das ich nicht kannte, von einem Kälbchen, einem Kätzchen, vielleicht erfand er seine Lieder selbst. Johanna war vorausgelaufen und blieb stehen, sie klatschte in die Hände, fröhlich hüpfte sie vor dem Holzstapel, hinter dem sich der Mann hingekauert hatte, er lugte hervor, sein Kopf schien größer geworden, der Hals dünn wie der eines Kindes, das Gesicht aber war faltig, ein böser Geist. Das Holz, an dem er kauerte, war hell, mit einer dünnen Schicht Moos überzogen, dahinter wuchsen Disteln und wilde Pfefferminze, wie sie Simon früher für mich gesammelt hatte. Das Mäuschen rennt im hohen Kreis, der Hofhund frisst so gerne Reis, heitititeititei, sang der Mann, Johanna drehte sich dazu, dann machte er einen Kratzfuß und verschwand im

Wald, unter seinen Schritten knackten Äste, ich glaube, er benutzte einen Wildwechsel, oder es war sein vertrauter Weg; die Gräser und Sträucher standen hinter ihm nicht wieder auf. Als ich Johanna auf den schmalen Tunnel zulaufen sah, fürchtete ich, sie wolle ihm nachlaufen, in ihrem Gesicht war etwas, das ich nicht kannte.
Dann trafen wir ihn lange nicht mehr.
Ein Blaubeersommer folgte, wie wir ihn lange nicht gehabt hatten, am Tisch saßen wir zu viert, mein Mann und ich, die beiden Kinder, ich hatte Griesbrei gekocht, die Kinder hatten blaue Lippen, als wären sie erfroren, mir fehlten meine Eltern und meine Großeltern auch.
Die Kinder lernten schwimmen im alten, kleinen Schwimmbad, seit Jahren schon stand es unter einer Tanne, die Nadeln rieselten hinein, die Kinder wollten nur ins Wasser, nicht in den Wald, wir setzten sie trotzdem in den Leiterwagen und zogen los, sie lehnten sich über die Seiten, zählten die Schnecken, tote Käfer. Mitten im Wald gaben wir ihnen eine kleine Flasche Apfelsaft, Salzstangen und Schokolade, ließen sie auf dem Weg stehen, um Pilze zu suchen.
Weit gingen wir nicht, der Wald war wüst, überall Hirschlosung, hinter einer Baumwurzel fand ich von einem Reh den Schädel, die Sonne schien, wo Bäume umgestürzt waren, wurde es licht und freundlich. Ich lauschte, ob ich die Mädchen hörte, erst war es still, dann sangen beide, Aline war morgens heiser gewesen, jetzt klang ihre Stimme dünn und hoch, sie sangen ein Lied, das ich nicht kannte. Pilze fanden wir zuhauf. Obwohl die Mädchen sangen, blieb ich unruhig, doch als ich zu ihnen lief, saßen sie immer noch im Leiterwagen, sie lächelten mich an.

Die Tage blieben schön. Im Garten stand unter der Kiefer ein Sandkasten, der nach Katzenpisse roch. Aline spielte dort den halben Tag, Johanna rannte auf die große Wiese, rannte den kleinen Abhang hinunter, die Wiese war frisch gemäht, es roch nach Heu, die Reihen lagen, trockneten, verfärbten sich graugrün, Johanna kam zurück, im Haar die langen Halme. Unser Nachbar Stefan erzählte, wer er war, der kindische Mann, einer, der alt geworden, nichts mehr von sich wusste; seit ihm die Frau gestorben war, vor Jahren schon, lebte er auf dem größten Hof, den sein Sohn längst übernommen hatte, aber an dessen Tisch aß er nicht mit. Niemand wusste, wo und was er aß, im Wald, argwöhnten einige, von Almosen lebe er, argwöhnten andere, doch wer gab Almosen im Dorf?
Er habe, sagte Stefan, wohl einen Schutzengel. Keiner wusste etwas Genaues, aber alle waren sich einig: Irgendjemand half ihm. Frau Schneider sagte, früher habe meine Großmutter solchen Leuten etwas zugesteckt, und meine Mutter auch. Sie lagen beide auf dem Friedhof. Mir war bange, wenn ich von ihm reden hörte, als könnte er meinen Kindern etwas antun. Als ich Johanna aufs Brunnenhäuschen klettern sah und der seltsame Mensch dahinter auftauchte, als sie abrutschte, über die rauen Steine, sich das Kinn aufschlug und blutete, schrie ich ihn an, aber er schaute zu mir, er hielt meinen Blick, ich dachte, ich kann ihm auch etwas geben, für sein Essen, für seine Kleider, damit er uns nichts tut. Ein böser Geist, den man beschwichtigen muss. Es war unrecht, ihn zu verdächtigen, der nur murmelte und sang und kindisch war, ein paar Tanzschritte machte, verschwand.
Vielleicht hatten meine Großmutter und meine Mutter ihm Geld gegeben, damit er uns kein Leid zufügte.

Am Echo trafen wir ihn wieder, an der kleinen Straße, die zum Wald führt. Wir riefen unsere Namen, da war, als hätten wir ihn gerufen, plötzlich auch der kleine Mann, einen Rechen trug er über der Schulter, wie ich ihn lange nicht gesehen habe, aus Holz, zwei Zähne fehlten. Da ist der kindische Mann!, rief Johanna, und später erklärte sie, er nenne sie Johanna, sie nenne ihn gar nicht beim Namen, weil er nicht richtig sprechen könne. Singen aber könne er und ihren und Alines Namen sagen, die sich vor ihm fürchte, so wie du, sagte Aline mir und schaute zu mir hinauf. Sie nahm auch meine Hand, wie ich es tue, wenn ich etwas erklären will. Dann lief sie davon, auf die große Wiese, wo der Nachbarssohn am Strick ein Kälbchen spazieren führte. Erst gegen Abend kam sie wieder, ich hatte mich um sie gesorgt, es war warm, wir aßen draußen, unter der Linde, die mein Vater gepflanzt hat, Aline beäugte misstrauisch die Ameisen, die auf der Terrasse krabbelten, ich habe Angst vor den Mäusen, sagte sie, und anderntags fingen wir die Maus, die sich drinnen im Holz versteckt hatte.

Seit ein paar Jahren findet man überall im Wald, zuweilen auch am Feldrand aufgehäuft, die Steine, sogar geputzt, von Moos befreit. Die Steine werden nicht mehr achtlos behandelt, im Gegenteil, sie werden, für welchen Zweck auch immer, aufbewahrt wie etwas, das eine Zukunft verspricht. Von alten Scheunen und abgerissenen Höfen gibt es Steine. Von alten Kellern gibt es Steine. Von Feldern gelesen gibt es Steine, unbehauen. Von alten Mauern gibt es Steine, vielleicht werden sie wieder zu Mauern. Alte Tröge gibt es auch, früher achtlos in den Wald gekarrt, werden sie jetzt auf Baumstämmen gelagert, bis sie

ihren neuen Platz finden. Mit alten Sachen werden die Höfe geschmückt.
Ich habe mir immer eine Mauer um unseren Garten gewünscht. Aber ich wage nicht zu fragen, ob ich von den Steinen haben darf. Ich könnte die Mauer ja auch nicht bauen. Nur da und dort nehme ich aus dem Wald einen faustgroßen Stein mit.
Auf dem Grundstück habe ich für die Steine, Sandsteine allesamt, einen Platz. Sie werden aber kleiner, die Steine, die ich sammle. Am Ende, stelle ich mir vor, werde ich trotzdem ein winziges Gärtchen ummauern können.

An einem der Feldwege stand eine Reihe hochgewachsener Pappeln, begrenzte eine Wiese,
auf der Apfelbäume wuchsen, sie trugen kleine,
leuchtend rote Äpfel, man sah sie von weitem,
mochte kaum glauben, sie könnten schmecken,
aber sie taten es, sie waren süß wie Paradiesäpfel.
Aus der kleinen Senke weiter westlich stiegen oft
Nebel, in der Wiese glänzten morgens Tautropfen.

Irgendwann zu lernen, dass man nicht eines gegen ein anderes ausspielen kann. Auf den Feldern wird die Frucht wieder öfter gewechselt. Das Vieh wird wieder auf die Weide getrieben von einigen Bauern. Andere haben große Stallungen, die kaum ein Mensch betreten muss, die Kühe tragen Sensoren, sie gehen alleine zu den Melkmaschinen, Computer messen ihnen ihr Futter zu und wie viel Kraftfutter dabei sein muss. Während früher jeder Hof Tiere hatte, gibt es jetzt nur noch sechs oder sieben Bauern im Dorf, ein paar Hasen, ein paar Hühner, ein paar Pferde, aber keine Schweine, keine Schafe. Ziegen gab es noch nie. An vielen Häusern wird gebaut.

JAHRELANG war ich nicht im Dorf. Meine Großeltern waren tot. Ich lebte anderswo. Von meinen Eltern hörte ich zuweilen, wer gestorben war; ein Mal saß mein Vater am Totenbett, ein anderes Mal gingen sie zur Beerdigung, der alte Herr, der immer die Hirsche gefüttert hatte, war gestorben, er hatte mich einmal beim Äpfelstehlen erwischt, und als ich log, es sei ja für die Hirsche im Gehege des Pächters, hörte er auf zu schimpfen, nahm mich zu den Hirschen mit. Ob die alte Frau Brenner noch lebe, fragte ich oft am Telefon. Sie lebte noch. Ob dieser oder jener Baum im Sturm umgekippt, ob das Dach abgedeckt, wie das Haus neu gestrichen sei. Ich fragte, aber ich kam nicht, und auch, als meine Eltern schwächer wurden, nahm ich ihnen von der Arbeit nichts ab. Mein Leben war anderswo. Sie

blieben ebenfalls immer öfter in der Stadt. Sie wurden alt. Simons Krankheit erlebten sie noch, sie starben, um noch vor ihm zu sterben.
So haben sie meine Töchter nie gesehen, und meine Töchter kennen meine Eltern nur vom Friedhof, ein Grab unter anderen Gräbern, und ich erzähle ihnen, wie ich mit meiner Mutter zum Friedhof gegangen bin zu meinen Großeltern, ich sage nicht, dass ich längst erwachsen war und dass sich unser Leben nicht mehr wiederholen wird, auch wenn wir so tun, als könne sich etwas doch wiederholen.
Wenn die Kinder hinausgelaufen sind, sitze ich am Tisch und schaue mich im Haus um. Es ist so still, dass man hören kann, wie eine Maus im Kaminholz nagt oder im Stall der Nachbarn eine Kuh den Kopf zwischen die Gitterstäbe steckt und dabei klappert oder wie die Kinder rufen. Vielleicht spielen sie Fängeles.
Mein Großvater liebte die Stille. Er saß oft von uns entfernt und lauschte, um die Stille hinter unseren Stimmen zu hören. Heimlich war er zornig, wenn wir lachten oder durcheinander redeten. Die Kinder sind laut, sagte er, die Kinder sind zu laut, er schaute uns an und meine Großmutter und meine Mutter, seine Tochter.
Manchmal entfernte er sich noch ein paar Schritte und ging die Grundstücksgrenze ab, er kannte jeden Zentimeter. Aus dem Wald hatte er Steine gesammelt, die geformt waren wie Grenzsteine, einmal bat er Herrn Scholz, ob er mit dem Schlepper einen Stein abholen könne, und setzte ihn an die Grenze knapp hinter den Nussbaum, wo wir ihn alle vergaßen; ich fand ihn erst vor ein paar Jahren wieder, als ich mit der Sense ungeschickt mähte, wo der Rasenmäher nicht hinkam, der

Stein war eingesunken. Die Klinge war dauernd stumpf, den Schleifstein hatte ich in der Tasche.
Großvater mähte nicht gerne mit der Sense. Es war ihm aber unerträglich, die Dinge nicht in peinlicher Ordnung zu halten, gerade so, wie er sie sich vorstellte, und die Abgrenzungen mussten klar sein, jede Sache kenntlich und exakt bestimmt. Er war, in unseren Augen, ein Pingelfritze, und erst lange nach seinem Tod dachte ich, mit verspateter Anteilnahme und immer noch ohne große Sympathie, dass er wohl gehofft hatte, vergangene Katastrophen verhindern zu können, indem jeder Mensch und eben auch jedes Ding einen unverrückbaren Platz zugewiesen bekam. Er hatte die Flüchtlingszüge bei Frankfurt ankommen sehen und seine Eltern gesucht, seinen Bruder gesucht, Freunde gesucht, Tante Mizzi gesucht, und eigentlich hatte er nie etwas gefunden, nur auf einem Pferdewagen den Sonnenschirm, den seine Mutter an einem Nachmittag voller Scherze und Albernheiten mit einem Bernhardinerhund bestickt hatte um zu beweisen, dass sie alles besticken und alles sticken könne, sogar Schweizer Rettungshunde auf tschechische Sonnenschirme.
Der Schirm war am Ende keine Rettung, weil er keine Spur war, die zu seinen Eltern führte, die verschlungene Geschichte, die den Schirm auf jenen Pferdewagen brachte, war so lang, dass keine einzelne Person sie nacherzählen konnte, so voller Gründe und Ursachen und Zufälligkeiten, dass am Ende doch nur einzelne Sätze blieben.
Er hat bitter beklagt, beim Tod seiner Eltern nicht dabei gewesen zu sein, er selbst starb im Altersheim fast unbemerkt; kamen wir, mit Taschen voller Obst und frischer

Wäsche, wandte er den Kopf zur Wand. Er wollte schon sterben, als er noch Jahre leben musste, so lange, bis keiner mehr Geduld dafür hatte, dass er lebte, und ich werfe mir vor, dass ich ihm nicht geholfen habe, als man ihn mit einer Sonde ein paar Monate ernährte, er fragte so höflich, wie er im Leben nie gewesen war, ob ich ihm helfen könne, immer drehte er den Kopf, als könnte er abwenden, was noch auf ihn wartete, wenigstens jetzt, an seinem Lebensende, und er sagte, er wisse nicht, was schlimmer sei: nicht mit seiner Frau, meiner Großmutter gestorben zu sein, oder die Vertriebenen zu sehen, wie sie ankamen, seine Eltern nicht darunter zu finden, und obwohl ich wusste, dass er alt war und sterben wollte, erwiderte ich, es habe noch mehr Flüchtlinge und Vertriebene gegeben, vor allem mehr Ermordete, ich sagte nicht, ihr habt dafür gestimmt, dass eure jüdischen Nachbarn umgebracht werden, ich sagte nicht, ihr habt zugeschaut, wie die Juden in Viehwaggons gepfercht wurden und in die Vernichtungslager gefahren, von all dem habe ich nichts gesagt, ich habe mit Verwunderung gedacht, er ist so alt geworden, er hat noch immer Wünsche, noch immer denkt er, seine Wünsche könnten in Erfüllung gehen. Wenn ich meine Töchter die Straße hinunterlaufen sehe, weiß ich wohl, dass man tatsächlich mit niemandem das ganze Leben teilt, und als ich meine ältere Tochter im Arm hielt, ein paar Stunden, nachdem sie zur Welt gekommen war, dachte ich, so wird sie auch aussehen, wenn sie alt ist und sterben soll, und ich wusste, ich würde nicht bei ihr sein, und ich wusste, ich wünsche mir nichts mehr, als dass sie alt werden möge und erst sterben, wenn ihr Gesicht klein und faltig geworden ist. Einstweilen rennen meine Kinder die Straße entlang und aus dem Dorf, sie gehen gerne auf den Friedhof. Zu wissen, wo man begraben sein wird, ist angenehm, und es hat etwas Beschwichtigendes sich vorzustellen, wie Kindeskinder mit Steinchen an den Gräbern spielen so wie meine Töchter jetzt, wenn sie die Gräber jeden Sommer aufs Neue betrachten, nachsehen, wer hinzugekommen ist, wo ein Holzkreuz steht, weil der Name noch nicht in Stein gemeißelt ist.

Es ist, als würden die aufeinanderfolgenden Jahre den Entscheidungen Gewicht nehmen. Die Dinge folgen aufeinander, man kann andere Zusammenhänge finden als Ursache und Wirkung, man kann mehr erfinden als ein Weil, das als Notwendigkeit verkleidet so oft unbarmherzig ist und sich nichts ausdenken kann als den Tod als Ende einer Geschichte.

Ich erinnere mich nicht, meine Großeltern je auf einer Bank nebeneinander gesehen zu haben. Außer zu den Mahlzeiten schienen sie überhaupt selten gleichzeitig zu sitzen, immer hatte einer etwas zu tun, mein Großvater im Keller oder im Garten oder auf dem Dachboden, außer Sicht- und Rufweite, meine Großmutter vor aller Augen und in aller Nähe. War sie da, kochte sie für uns und entließ meine Mutter in die Stadt oder in ihr Zimmer. Was meine Mutter dort tat, sagte sie uns nie, vielleicht schrieb sie Briefe, zeigte uns aber nie einen; ihr kleines Kabinett mit einem Tischchen und einer Liege war in unserem Haus das einzige elegante Zimmer.

Als sie alt war, kam es mir vor, als würde sie mit jemandem sprechen, vielleicht war es ihre Mutter. Sie starb nicht lange vor Simon, so, als wolle sie die grundlegende Ordnung gewahrt wissen. Dass ein Kind

nicht vor seiner Mutter stirbt. Oder sie wollte sich den Schmerz ersparen.
Von dem, was meine Mutter in all den Wochen, die wir auf dem Land verbracht haben, in ihrem Zimmer tat, werde ich nicht mehr erfahren, sie hat nichts aufgehoben. Wie meiner Großmutter, schien es ihr unhöflich, anderen mehr als das Nötigste zum Aufräumen zu hinterlassen. Von meinem Großvater blieb auch wenig. Aber vielleicht hat meine Mutter dafür gesorgt. Denn bei ihm konnte man sich vorstellen, dass er Zettel und Aufzeichnungen und Briefe und Ermahnungen und Listen mit längst verlorenem Besitz hinterließ.

Es war nie alles voller Geheimnisse, für uns jedenfalls nicht. Wir wussten nur vieles nicht voneinander, lebten auf Inseln inmitten von Unbekanntem, und keiner störte sich, wenn noch mehr Unbekanntes dazu kam.
Das war unsere Freiheit.

Was in diesem Buch geschieht, ist erfunden.
Dass ich es schreiben konnte, verdanke ich
meinen Großeltern, meinen Eltern.
Und den Breitenbüchern.